푸른 눈썹 같은 봉우리,
아름다운 남산

푸른 눈썹 같은 봉우리,

아름다운 남산

윤도준 지음

일조각

南山無如紫閣秀　　남쪽 산은 자각봉처럼 빼어난 곳이 없는데
翠眉浮天天尺咫　　푸른 눈썹 같은 봉우리 높이 솟아 하늘도 지척이라네
云是奔馬脫鞍形　　이를 일러 달리는 말이 안장을 벗는 형국이라 하는데
平安火擧通南鄙　　평안함을 알리는 봉화 올려 남쪽 지방에 알리네

이 책의 제목인 '푸른 눈썹 같은 봉우리'는 조선 시대 문신 이덕무李德懋(1741~1793)가 쓴 구절
을 인용했다. (번역 출처:《성시전도시로 읽는 18세기 서울—13종 성시전도시 역주》박현욱 옮
김, 보고사, 2015)

1792년 조선 제22대 왕 정조의 명에 따라 한양의 모습을 그린〈성시전도(城市全圖)〉를 소재로
규장각 문신들이 지은 장편의 한시 중에, 이덕무가 지은 성시전도시는 한양의 모습을 우아하게
그려냈다는 평가를 받는다. 그중 자각(紫閣)은 신선이나 은자가 사는 곳으로 남산을 가리킨다.

서문

나는 날씨가 좋든 궂든 10년 넘게 날마다 남산을 오르고 있다.

주변에서는 어떻게 그럴 수 있느냐는 말을 많이 하는데 생각보다 그렇게 힘든 일은 아니다. 오히려 요새는 나이를 생각해서 이전보다 쉬엄쉬엄 다니니 더 힘들 것도 없다. 보통 한곳을 매일 다니면 익숙하다 못해 질릴 법도 하지만 나에게 남산은 그렇지 않다. 오히려 내가 이곳에 갈 때마다 느끼는 건 새로움이다. 단순히 산의 풍광 때문만도 아니고 건강 때문만도 아니다. 남산은 나의 뿌리, 나의 역사, 그리고 나의 아버지를 떠올리게 한다. 과장처럼 들린다 한들 진짜로 그렇게 생각되는 걸 어쩌랴. 태어난 곳은 따로 있지만 궁극적으로 이곳이 마음의 고향이나 다름 없는 셈이다. 다시 말해 남산은 책 만드는 것에 대해서는 아무것도 모르는 내가 책을 내겠다는 결심을 할 정도로 온전히 마음을 다할 수 있는 유일한 존재이다.

나 자신이 전문적인 학자도 아니고 작가도 아니기에 처음부터 역사서나 기행 도서를 쓸 마음은 없었다. 중요한 것은 두 가지였다. 어떻게 해야 남산에 서린 복잡하고도 서글픈 역사를 사람들에게 알릴 것인가? 그리고 어떤 이야기를 해야 훗날 이 책을 읽는 사람들, 특히 젊은 세대들에게 의미 있는 메시지를 전달할 수 있을 것인가? 다시 말해 역사적인 소재를 지루하지 않게 이야기한다. 이를 염두에 두고 이 무모한 일을 시작했다.

이 책이 나오기까지 감사해야 할 사람들이 너무나도 많다. 회사 상품을 개발할 때만이 아니라 책을 만들 때도 많은 이들의 도움이 필요하다는 걸 이번 기회에 알았다. 우선 이 책을 쓸 동기를 부여한 남산 역사 탐방을 같이 다녀 준 분들에게 감사한다. 남산을 알리겠다는 의욕만으로 시작한 탐방이라 처음에는 서툰 점도 많았지만, 그래도 다들 참아 주고 각자의 의견을 제시해 줘서 보다 나은 탐방으로 발전시킬 수 있었다. 탐방에 참여하면서 아름다운 남산의 풍경을 사진으로 남겨 준 채승우 작가한테도 감사한다. 의욕만 가득한 나의 원고를 보고 질책을 아끼지 않고 내용 감수를 해 준 한경구 교수의 도움 역시 많이 받았다.

동화약품의 직원들한테 폐를 끼쳤다. 그간 탐방을 하면서도 고생을 시켰지만, 이번 책 작업을 할 때는 이택기 이사, 그리고 특히 조윤정 차장이 너무나도 고생을 많이 했다. 내가 두서없이 말하는 내용을 정리하고, 근거 자료 찾으랴, 출판사와 조율하랴, 정말이지 애를 많이 썼다.

또한 이 책의 출판을 떠맡으면서 얼기설기 늘어놓은 자료를 쟁반 위의 구슬 꿰듯이 하나의 완연한 책으로 만들어 주신 일조각의 김시연 대표님과 한정은 이사에게도 감사를 전한다. 특히 한 이사의 열화 같은 독려 덕분에 원고를 마무리 지을 수 있었다.

무엇보다도 가족들한테 감사한다. 특히 틈만 나면 돌아다니던 남산에 사람들을 끌고 탐방을 다니더니, 급기야 책을 쓰겠다는 나한테 이런저런 잔소리를 했던 아내에게 이 자리를 빌려서 고마움을 전한다. 그래도 이제는 내가 남산을 간다고 하면 입고 갈 옷을 골라 주곤 해서 마음이 뿌듯하다. 마지막으로 나의 사랑하는 손주들이 앞으로 이 책을 보며 자신의 뿌리가 무엇인지를 알고 그들이 나라의 뿌리가 되길 진심으로 바라는 바이다.

정선(鄭敾, 1676~1759), 〈목멱조돈(木覓朝暾)〉.
정선이 한강과 한양 일대를 묘사한 그림을
모은 《경교명승첩》에 실린 작품으로,
아침 해가 떠오르는 남산의 풍경을 묘사하였다.
현재 가양동 쪽에서 바라본 모습이다.

차례

일제 강점기를 지나 해방 후 혼란기를 벗어나기도 전에, 한국전쟁이 터지고 우리나라는 잿더미가 되었죠. 당시 세계 언론에서 한국은 이제 끝났다, 희망이 없다고 했어요. 그런데 살아났어요. 세계 최초로 도움을 받는 나라에서 도움을 주는 나라로 거듭났죠. 단기간에 한강의 기적을 이뤄냈고, 2012년 2050클럽(1인당 소득 2만 달러, 인구 5,000만 명)에 세계에서 7번째로 진입했어요. 이 국가들 중 유일하게 최빈국에서부터 자력(自力)으로 일궈낸 성과이니 참 대단하죠?

2021년에는 유엔무역개발회의(UNCTAD)가 한국의 지위를 개발도상국에서 선진국으로 변경했어요. 이번 결정으로 한국은 1964년 UNCTAD가 설립된 이후 개발도상국에서 선진국이 된 최초의 국가가 됐고, 한국의 합류로 미국, 일본, 독일, 영국, 프랑스 등으로 구성돼 있던 선진국 그룹은 32개국으로 늘어났어요.

그러나 한국의 국가 행복지수 순위는 경제협력개발기구(OECD) 38개국 중 최하위권에 머물고 있어요. 국가 행복지수는 유엔 산하 자문기구인 지속가능발전해법네트워크(SDSN)가 국가별 GDP와 기대수명, 사회적 지지 등을 이용해 집계하는 지수인데 안타깝게도 한국은 OECD 국가 중

노동 생산성이나 수면시간, 출산율 등은 하위권이고 사회갈등지수, 고령화 속도, 노인 빈곤율은 상위권인, 한마디로 말해서 삶의 질이 좋지 않은 형국인 거죠.

*

과거 보릿고개 시절, 우리가 살기 어려워 경제개발계획 등 성장과 개발에 중점을 둬야 했을 때엔 확실한 목표, 정부 주도, 효율, 주입식 교육, 실용 학문 등이 중요했습니다. 이젠 먹고살 만하잖아요? 패러다임의 전환이 필요한 시점이 온 거예요. 변화하지 않으면 정체될 뿐 아니라 후퇴하겠죠. 가치와 비전, 수평문화, 협력과 창조, 민간 주도, 자율이 중요한 시대가 온 거예요. 이것들이 민족의 정체성에 대한 인식을 토대로 형성되어야겠지요. 그런데 이런 이야기를 하는 사람들이 적어서, 나이 먹은 내가 이 나이에 할 수 있는 일이 뭐가 있을까 고민하다가 우리의 스피릿, 역사, 이런 거를 후배들한테 이야기를 해야겠다는 생각에 몇 년 전부터 강의를 하기 시작했어요.

정신과 의사답게 설명해 보면, 사실 사람은 태어났을 때는 '나'밖에 몰라요. 다른 세상이 있는 걸 몰라요. 그러다가 처음 만지는 게 엄마예요. 나 말고 타인과 세상을 인지하게 되는 거죠. 그러면서 뇌가 발달하는 거예요. 인간은 동물적으로 살아갈 수 있는 본능적인 뇌(instinctual brain, reptilian brain)와 감성적인 뇌(emotional brain, limbic brain)를 갖고 태어나지요. 이성적이고 합리적인 뇌신피질(rational or thinking brain, neocortex)은 태어난 후 차차 성장하면서 형성돼요. 당연히 이 시기가 굉장히 중요합니다. 중요한 성장 시기를 바람직하게 보내지 못한다면 어딘가 균형이 안 맞는 그런 인간으로 성장하게 되는데 우리 사회도 그런 면이 좀 있지 않나요? 이 시기에 가정교육, 공교육, 역사교육이 제대로 이뤄져야 할 것 같아요.

'5천년 얼 강의'를 시작하게 된 것도 이와 같은 맥락이에요. 우리 회사 충주 공장에 의대생, 약대생들이 견학도 오고, 선친의 호를 따서 만든 가송재단 장학금 수여식 등을 하느라 젊은 사람을 만날 기회가 생길 때마다 강연을 했어요. 우리나라의 우수성과 나아갈 길에 대한 강연인 '우리 조국'을 진행하다가 우리의 뿌리에 대한 이야기를 강조하면서 '5천년 얼, 우리는 누구인가'로 강의 제목이 바뀌었고, 우리가 누구인지, 우리 민족의 정체성, 국가관 이런 것을 자꾸 강조하게 되었어요. 역사에 대한

자긍심이 미래를 만든다고 믿거든요. 학생들을 만나보면 우리의 강점에 대해 너무 몰라요. 그런데 우리가 모르면 누구도 알아주지 않잖아요.

과거를 어떻게 기억하고 의미를 부여하는가는 지금을 들여다보고 내일을 준비하는 데 꼭 필요한 작업이라 생각해요. 그래서 전 후배들에게 역사에 대한 자긍심을 일깨워 줘야겠다는 신념으로 강연을 하게 되었어요. 특히 우리나라의 역사 중 알려지지 않은 어두운 역사를 많은 사람들이 알 필요가 있다는 생각이 들었죠. 과거의 비극적인 역사 현장을 방문해 보고, 반성할 것은 철저하게 반성해야 앞으로 실수가 재발되지 않도록 마음을 다잡고 노력하게 될 테니까요. 그래서 용기를 내서 주위 사람들과 함께 답사를 해 보기로 했어요. 그게 '남산 역사 탐방'의 시작입니다.

*

본격적으로 남산을 돌아보기 시작한 건 2017년 7월부터입니다. 다양한 각계각층 인사들을 초청해 남산 주변의 잘 알려지지 않은 일제 강점기의 잔재들을 돌아보고, 역사의식을 공유하고 전파하는 노력을 지속하다 보니 벌써 31차까지 실행되었는데, 2020년 초부터 코로나19로 중단되었어요.

이 탐방에 참석한 분들의 코멘트를 듣고 아이디어를 얻는 기쁨도 크지요. 제 관심사와 신념이 결합되다 보니 관련 자료들이 계속해서 눈에 들어왔고, 매번 내용을 수정하고 보완해 나가게 되었어요. 자료가 자꾸 모이는 만큼 공부도 많이 됐어요. 그러면서 제 나름의 통찰이 생겼고, 구슬을 실에 꿰듯이 수집한 자료들을 엮어 제 나름대로 의미 있는 성과를 얻기도 했습니다. 탐방 지도나 연표처럼, 우리가 탐방에 필요한 자료들을 만들고 지속적으로 업그레이드해 나간 것이지요. 그리고 이제 "한국전쟁이 끝나갈 무렵인 1952년에 전쟁둥이로 태어나서 우리나라의 격동기를 거쳐 내 나이 칠십, 인생의 사계절 중 겨울을 맞이하니 인생 후배들에게 하고 싶은 말을 글로 남기고 싶어" 이 책을 만들게 된 것입니다. '갈등사회 대한민국'에 사는 우리를 하나로 묶어 줄 수 있는 것은 우리의 뿌리, 역사라고 생각해요. 우리 역사를 모르고 뿌리를 모르는데 어떻게 바른 정신을 가질 수 있겠어요. 특히 일제 때 일본 사람들이 우리 민족성을 말살하려던 현장이 바로 남산이었던 점을 되새길 필요가 있다고 생각했어요.

*

이 책이 남산이라는 공간이 담고 있는 남산의 역사와 그 맥락을 조금 더 면밀히 들여다볼 수 있는 계기가 되었으면 좋겠어요. 그 여정 속에서 나 자신, 그리고 우리 사회 앞에 놓여 있는 여러 문제들을 비추어 본다면, 오늘을 살아가는 데 필요한 삶의 지혜를 얻을 수 있으리라 생각해요. 역사는 멈춰진 과거의 기억이 아니라 현재, 그리고 미래에도 계속 살아 숨쉬고 있으니까요.

질곡의 세월을 견뎌 낸 남산이 우리에게 어떤 이야기를 들려주고 있는 지, 어떤 의미를 담고 있는지 한 번쯤은 귀를 기울여 봤으면 합니다. 책을 통해 우리 모두의 마음속에 뜨거운 울림으로, 혹은 깨달음으로 다가갈 수 있기를 바랍니다. 보다 많은 사람들이 공감하고, 연대하며, 우리 사회에 작지만 의미 있는 변화의 바람이 불기를 기대합니다.

0

남산

역사 탐방의 시작

인왕산에서 본 남산 정경.

'남산' 하면 무엇이 떠오르나요?

남산타워, 케이블카, 사랑의 자물쇠 등 남산은 현재 서울의 랜드마크로 국내외 관광객들이 즐겨 찾는 관광코스가 되었죠. 그러나 이런 남산이 일본 식민통치의 중심부였음을 아는 사람은 얼마나 될까요? 일본에 지배당했던 어두운 역사가 곳곳에 서려 있지만, 놀랍게도 이 사실을 아는 사람은 많지 않아요. 학교에서조차 제대로 가르치고 있지 않죠.

저의 남산 역사 탐방은 안중근 의사 동상 앞에서 묵념으로 시작해 동쪽 방향으로 이동합니다. 조선신궁이 있었던 한양도성유적전시관, 단군굴, 경성신사 터(현재 숭의여자대학교)와 노기신사 터(현재 리라초등학교와 남산원)를 거쳐 한국통감부, 즉 훗날 조선총독부 터(현재 서울애니메이션센터), 통감관저 터(현재 서울유스호스텔 입구)를 지나 조선헌병대사령부가 있었던 한옥마을, 그리고 장충단과 박문사(현재 신라호텔 영빈관)가 있었던 장충단공원에서 끝납니다. 여러 번 하다 보니 소문이 났는지, 한번은 서울시청 직원이 제 남산 역사 탐방에 왔던 적도 있어요.

탐방이 거듭되면서 자꾸 자료가 추가되다 보니 할 말이 많아져요. 탐방인데 서서 듣는 강의가 되어 버려요. 되도록 걸으면서 탐방을 해야 하니 시간을 잘 안배해야 해요.

탐방을 하다가 '남산이 일제 강점기에 어떻게 변해갔는지를 한눈에 볼수 있으면 좋겠다'는 생각이 들어, 서울시 중부공원녹지사업소에서 만든 지도를 바탕으로 내가 다니는 탐방지를 적어 새로운 지도를 만들어봤어요. 우리가 탐방하는 남산의 북쪽 자락을 크게 세 구역으로 나눌수가 있어요. 회현 자락, 예장 자락, 장충 자락인데 지도로 보면 한눈에보이지요.

원래 탐방은 동선 때문에 서쪽에서 동쪽으로 자락별로 하지만, 책에서는 남산이 시대별로 어떻게 변화해 갔는지 이야기해 보고자 합니다. 이제부터 이성계의 한양 천도 이후 신성한 민족의 산이었던 남산이 다사다난했던 근현대 시기를 겪으며 어떻게 파괴되고 변형되고 복원되었는지, 그 남겨진 흔적을 따라 살펴보기로 해요.

장충단로
소파로
소월로
북측순환로
남측순환로

동대입구

충무로역 ③ ④

장충단
(장충단

동국대학교 서울캠퍼스

한국의 집(조선총독부 정무총감관저)

남산골 한옥마을
(조선헌병대사령부)

기억의 터
(한국통감관저)

서울유스호스텔

남산1호터널

명동역 ④

한양교회

리라초교

남산원(노기신사)

남산서울타워

서울애니메이션센터(2025년 완공 예정)
(한국통감부/조선총독부)

숭의여대(경성신사)

목멱산(남산)봉수대

반공청년운동비

조지훈시비

남산케이블카

팔각정
(국사당)

남산3호터널

서울시교육연구정보원

김구 동상

삼순이계단

한양도성유적전시관
(조선신궁)

백범광장

안중근 동상

밀레니엄서울힐튼호텔

안중근의사기념관

장충체육관

서울신라호텔
(박문사)

한양 도성

○호터널

한국자유총연맹

반얀트리 클럽&스파 서울

국립극장

구 미8군 종교휴양소

남산웨딩홀

남산1호터널

남산야외식물원

무궁화원

그랜드하얏트 호텔 서울

남산2호터널

산3호터널

* 분홍색은 옛 시설의 명칭.

남산 역사 탐방 지도

1

조선

시대의

목멱산

신성한 그 이름, 목멱산木覓山 이어라

멀리 짙푸른 남산 소나무 숲 눈에 들어오는데	蒼蒼入目遠松林
소의 등, 누에머리 닮은 봉우리가 온통 그늘로 뒤덮였어라	牛背蠶頭萬蓋陰
어찌하면 저 푸르른 패기를 키워서	安得長靑滋覇氣
천년토록 도끼질을 당하지 않게 할 수 있을까	千年不受斧斤侵

　　　　　　　　　　　　- 김창흡, 〈목멱송림(木覓松林)〉,《삼연집》 권5 〈반계십육경〉 중

1392년, 조선을 세운 태조 이성계가 1394년에 한양으로 천도할 것을 결정합니다. 9월에는 신도궁궐조성도감(新都宮闕造成都監)을 설치하여 수도 이전을 본격화하였고, 이듬해 9월에 종묘와 경복궁이 완공되었습니다. 이렇게 착실하게 수도를 건립하는 과정에서 남산은 우리 민족에게 중요한 산이 됩니다.

풍수지리적으로 배산임수(背山臨水)에 맞춰 자리 잡은 한양과 그 한복판에 자리한 경복궁은 현무 북악산을 뒤로 하고 우백호 인왕산, 좌청룡 낙산, 그리고 이 명당 자리를 보호해 주는 안산(案山)이자 풍수지리적으로 주작(朱雀)에 해당하는 남산으로 둘러싸여 있어요. 이 중에서도 북악산의 옛 이름은 백악산, 남산의 옛 이름은 목멱산이에요. 1394년, 태조 이성계는 한양으로 천도하고, 이듬해에 북악산과 남산 두 곳을 각각 진국백(鎭國伯)과 목멱대왕(木覓大王)으로 봉작합니다.

"이조에 명하여 백악을 진국백으로 삼고 남산을 목멱대왕으로 삼아, 경대부(卿大夫, 품계가 높은 벼슬아치)와 사서인(士庶人, 사대부와 서인)은 제사를 올릴 수 없게 하였다."

– 《태조실록》 4년(1395) 12월 29일.

태조는 산에 작위를 내리는 것 말고도 진국백을 모시는 신사를 백악신사, 목멱대왕을 모시는 신사는 목멱신사라고 이름을 붙였는데, 《조선왕조실록》에는 목멱사, 목멱산사라고도 표기되어 있습니다. 남산의 '국사당'이라는 명칭은 조선 후기에 목멱사가 민간신앙의 공간으로 활용되면서 민간에서 부르기 시작한 것으로서, 조선 제24대 왕인 헌종(憲宗, 1834~1849) 때 집필된 《오주연문장전산고》에 처음으로 등장합니다. 이뿐만 아니라 태조는 한양을 새 도읍으로 정하고 궁궐을 지을 때 처음부터 종묘(宗廟)와 사직(社稷)을 염두에 두고 설계합니다. 이 시설들은 재위 4년이 되던 해에 완성되지요. 역대 왕과 왕비의 신위를 모시는 곳, 다시 말해 왕실의 조상을 모시는 곳이 '종묘'이고, 나라를 위해 토지와 곡식의 신에게 제사를 지내는 곳은 '사직단'이에요. 그러면 목멱사는 무슨 제사를 지냈을까요?. 나라가 가물면 기우제(祈雨祭), 장마가 길어지면 기청제(祈晴祭), 한 해 농사가 잘되면 그에 감사를 올리는 영성제(靈星祭), 하늘과 땅, 별을 향하여 지내는 초제(醮祭), 나라의 재앙을 쫓고 복을 비는 기양제(祈禳祭) 등을 목멱사에서 지냈습니다. 물론 국가가 주관하는 것이었고 개인의 제사는 금지되었죠.

"임금의 병환이 낫지 않으므로, 종묘·사직·소격전(昭格殿, 초제를 맡아보던 관아)과 삼각산·백악·목멱산의 신에게 기도하였다."

– 《문종실록》 2년(1452) 5월 5일.

이렇게 임금이나 원자의 병이 위중하면 조정에서는 이들이 쾌차하길 바라며 제사를 지내기도 했습니다. 원래 목멱사, 조선 후기에는 '국사당'이라 불리게 되는데 지금의 남산 팔각정 자리에 있었어요. 후에 일제의 식민지가 되고 나서 국사당은 인왕산으로 옮겨지게 되는데, 이 부분은 '일제 강점기의 남산'에서 다시 자세히 설명할게요.

*

조선 초기부터 조정에서는 '한양 도성 안과 도성 밖으로 10리(城底十里)' 이내에서는 소나무 벌채를 금지했고, 내사산(內四山)을 관리하는 직책을 따로 두었어요. 그리고 태종 때부터 유교를 숭상하고 불교를 배척하는, 이른바 숭유억불 정책이 심화되면서 남산 근처에는 절도 짓지 못하게 하는 등 종교적인 규제도 많아졌지요. 하지만 조선 제7대 왕인 세조가 대군 시절에 신하 한명회와 권람을 만나러 와서 샘물(어정御井, 훗날의 녹천)을 자주 마셨다는 이야기도 있고, 사냥을 하는 동안 남산 쪽에 거주하는 신하의 집에 머물렀다는 이야기가 전해지는 것을 보면 그 근처에 사람이 아예 안 살았던 건 아닙니다. 산기슭에 민가가 없다 뿐이지, 적어도 권세가들의 별저(別邸)는 있었어요. 그리고 계절과 절기에 따라 씨름, 관등놀이 등 각종 행사가 끊이지 않았고요.

그럼 남산에 사람이 유난히 드나들지 못하게 된 건 언제였을까요? 바로 조선 제10대 왕, 연산군 때입니다. 《연산군일기》를 보면 이런 기록이 있어요.

초동(樵童, 나무꾼 아이) 5, 6명이 목멱산 마루에 올라 바라보는 것을, 왕이 보고 쫓아가 붙잡게 하고 연행되어 온 사람 수십 명을 모두 아주 심하게 곤장을 쳤다.

— 《연산군일기》 8년(1502) 10월 21일.

"타락산(駝駱山, 낙산)·목멱산·인왕산 밑에 있는 인가를, 내일 정승들이 가서 보아 높은 데 있는 것은 모두 철거시키고, 위 산기슭으로부터 아래 평지에 이르기까지 기초 한계를 정하여 담을 쌓아, 사람들이 성 밑으로 통행하지 못하도록 하라."

— 《연산군일기》 10년(1504) 8월 23일.

왜 이런 일이 벌어졌을까요? 당시 연산군은 나인을 비롯하여 여러 사람과 난잡하게 놀았다고 해요. 시도 때도 없이 노래를 하고 춤을 추는 등 왕의 품위를 떨어뜨리는 일을 계속한 거죠. 그러니 왕을 모시는 사람들은 어떻겠어요? 백성들이 왕의 이런 채신머리없는 모습을 알게 될까 봐 두려웠겠죠. 그래서 목멱산 산기슭에 있던 집들을 억지로 허물게 하고, 사람들이 오고 가지 못하게 막았어요. 이렇게 삼엄한 규제는 연산군이 왕위에서 쫓겨난 다음부터 조금씩 풀린 것 같아요.

북촌과 남촌

옛날 한양 도성 안에는 이곳저곳으로 흐르는 개천이 많았고, 그 물이 청계천으로 모여들어 동쪽 오간수문(五間水門)으로 빠져나가 영도교(永渡橋)를 지나 중랑천으로 유입되고, 마침내 한강으로 흘러 들어갔습니다. 한양은 그 한복판을 가로지르는 청계천을 중심으로 남북으로 나뉩니다.

청계천의 북쪽인 북촌과 서촌에는 실세 양반들이 살았고, 남촌에는 가난한 선비들이 살았다고 하지만 청계천 남쪽이라 해서 전부 가난한 선비들만 산 것은 아닙니다. 사실 조선 초기부터 남산 북쪽 자락에 해당하는 회현동(회동), 필동 일대와 예장동에는 권세가들이 대대로 살던 세거지(世居地)가 있었다고 합니다. 지금도 그렇지만 그때도 자연경관이 워낙 뛰어나서 여기에 거주하고자 했던 사람들이 많았어요.

특히 회동은 어진 사람이 모여 산다고 해서 회현동(會賢洞)이라고 했다는 말이 있는데, 아닌 게 아니라 조선 전기의 대표적인 문신인 조말생, 성종·중종 때 문관으로 좌의정, 우의정, 영의정을 다 지낸 정광필, 조광조와 이황 등과 함께 동방 5현(五賢)의 한 사람인 정여창, 인조의 장인인 한준겸, 조선 후기를 대표하는 화가인 강세황 등이 전부 회현동 출신이라고 합니다. 특히 정광필의 집안은 회현동에서만 12명의 정승을 배출할 정도였다니, 정말 대단하죠?

그런데 앞에 나온 〈목멱송림〉을 쓴 김창흡(金昌翕, 1653~1722)과 그의 형제들, 이른바 육창(六昌)은 서촌에서 모여 살던 안동 김씨거든요. 조선 후

강세황(姜世晃, 1713~1791), 〈**남산과 삼각산**(南山與三角山圖)〉.
왼쪽이 삼각산, 오른쪽이 남산이다.

기에 안동 김씨가 한창 권력을 누렸을 때 이들은 경복궁 서쪽, 칠궁의
남쪽에 살았어요. 지금의 서촌, 즉 청운동과 효자동 일대죠. 옛날에는
이곳을 장동(壯洞)이라고 했는데, 그래서 이곳에 모여 사는 안동 김씨를
장동 김씨라고도 했답니다. 그런데 육창의 증조할아버지로 인조 때 예
조판서를 지낸 김상헌은 바로 회현동 외가에서 태어납니다. 김상헌의
외할아버지가 좌의정을 지낸 정유길이거든요.

한편 아직 출사하지 못한 선비들이 남산골 동북쪽 일대에 터를 잡았어
요. 조선 시대에는 이 일대를 통틀어 '진고개'라고 했습니다. 지금의 명

동, 충무로와 을지로 일부 지역을 포함한 곳이에요. 비가 오면 길이 전부 진흙 수렁이 되어버리는 바람에 '진고개(泥峴)'라는 이름이 붙여졌다고 해요. '남산골 딸깍발이'라는 말 들어 보셨죠? 맑은 날에도 나막신을 신고 다녔다는 선비들이요. 그게 바로 이 말이에요. 가난하니까 신발을 구색 맞춰 갖고 있을 수 없는데, 툭하면 길바닥이 진흙탕이 되니 나막신은 있어야 하고, 그러다 보니 마른 날에도 딸깍거리며 나막신을 신고 다녀야 했던 꼬장꼬장한 선비의 모습을 상상해 보세요.

바로 그런 사람들을 '남산골 샌님'이라고 부릅니다. 조선 후기의 실학자 연암 박지원(1737~1805)이 쓴 《허생전》의 주인공 허생이 딱 남촌 선비의 전형적인 모습이에요. 아내가 바느질품을 팔아 입에 풀칠하면서 하루하루를 근근이 사는 어려운 형편인데, 그래도 끝까지 손에서 책은 놓지 않아요. 가난하지만 품위를 잃지 않는, 꼬장꼬장한 선비 그 자체인 거죠.

한양을 지키는 아름다운 산

남산에는 중요한 역할이 있었어요. 산 한가운데로 한양 도성의 성벽이 지나가고 꼭대기에는 봉수대(烽燧臺)가 설치되었는데, 이는 한양 도성을 지키는 방어막이자 전국 각지의 정보를 실시간으로 받아 왕에게 전달하는 통신네트워크의 중심이었다는 뜻인 거죠.

1396년, 태조 이성계는 외적의 침입에 대비하기 위해 내사산(內四山)을 연결하는 도성을 쌓았습니다. 다시 말해 조선의 수도 한양을 둘러싼 북악산·낙산·목멱산·인왕산을 연결해서 울타리를 쌓은 것, 이게 한양 도성이에요. 이로부터 삼십 년이 좀 안 되어서 조선 제4대 왕인 세종 5년에 병조의 요청에 따라 남산에 봉화 다섯 곳을 설치하여 남산 봉수대를 만듭니다. 이미 전국 각지에 만들어진 봉수대에서 매일 아침저녁으로 보내는 봉화가 여기까지 오는 거지요. 그렇게 해서 조선 팔도의 소식이 임금에게 전달되는 거예요.

남산에 궁궐을 밝히던 등잔불에 사용하던 식물성 기름을 짜는 쉬나무가 많은 것도 봉수대 연료와 관련이 있습니다. 쉬나무(학명: Tetradium daniellii)는 다른 이름도 있어요. 경상도 일부 지역에선 이를 '소등(燒燈)나무'라고 불러요. 소등은 '불을 밝힌다'라는 뜻이죠. 이는 쉬나무 열매가 기름이 많기 때문이에요. 쉬나무는 7~8월에 꽃을 피운 뒤 가을에는 붉은 열매를 맺는데, 여기엔 검은색 타원형 씨앗이 들어 있습니다. 이 씨앗의 40%가 기름 성분이라고 해요. 옛사람들은 쉬나무 열매를 말리고 불에 덖어 기름을 짜내 사용했어요. 나무 한 그루에 많게는 30L나 되는 기름이 나온대요. 이 기름은 궁궐을 밝히고 남산 봉수대 불을 지피는 데 사용되었을 뿐 아니라, 선비들이 밤중에도 공부를 할 수 있게 등잔불을 밝혀 주기도 하고, 머리카락에 발라 머릿결을 가꾸는 데 쓰기도 했어요.

또, 남산은 산세가 완만하고 내사산 중에 유독 흙산(토산, 土山)이어서 소나무뿐만 아니라 여러 가지 수목이 자라기 좋은 환경이라, 그만큼 산수경관이 아름다웠고 우리 선조들이 풍류를 즐기는 장소들도 많았답니다.

현재 남아 있는 남산 구간의 한양 도성.

남산의 쉬나무.

40

정선(鄭歚, 1676~1759), 〈**필운상화**(弼雲賞花)〉.
왼쪽이 남산, 오른쪽이 관악산. 봄을 맞이하여
필운대에 올라 꽃구경을 하는 선비들의 모습이 보인다.

술병 차고 높은 데 오르는 날,	佩酒登高日
하늘도 맑은 9월 초일세.	天晴九月頭
단풍 숲 먼 골짜기에 한창이고,	楓林酣遠壑
푸른 소나무 층층의 언덕 둘러쌌네.	松色護層丘
남동(藍洞)은 시 짓던 곳이고,	藍洞題詩處
용산(龍山)에 모자 떨어지던 때로다.	龍山落帽秋
예나 이제나 취함은 같은 것,	古今同一醉
마음에 맞으면 그 밖에 다른 무엇 구하리.	適意百無求

– 정이오, 〈구일등고(九日登高)〉, 《신증동국여지승람》 권3 〈남산팔영〉

조선 초기 한성부 판윤을 지낸 정이오가 읊은 8수 〈남산팔영(南山八詠)〉 중 여섯 번째 시인 〈구일등고(九日登高)〉, '중양(重陽)의 등산놀이'입니다. 남산팔영은 남산의 아름다운 여덟 가지 풍경이라는 뜻이고 그 주변을 노닐며 즐겼던 모습을 충실히 묘사했는데요. 어때요, 남산 주변의 푸른 하늘과 계절 따라 피어나는 꽃과 높아만 가는 나무, 따사로운 풍광과 다양한 놀거리 등, 그만의 향취가 물씬 느껴지지 않나요? 음력 9월 9일 등산을 하며 단풍을 즐기고 시화를 지었다는 중양놀이를 묘사한 이 시나, 봄철 파랗게 고개를 내민 풀을 밟으며 산책했다는 내용을 다룬 남산팔영의 다섯 번째 시 〈삼춘답청(三春踏靑)〉, '3월의 답청놀이' 만 보더라도 이 점이 두드러집니다. 이런 남산을 사랑했던 수많은 사대부들은 그 아름다움을 만끽하기 위하여 산 근처에 저택과 정자를 짓고 풍류를 즐겼습니다. 특히 푸른 학이 날아들었다는 청학동에 자리한 귀록정(歸鹿亭)과 회현동의 홍엽루(紅葉樓), 쌍회정(雙檜亭) 등은 그야말로 남산의 맑은 공기와 물을 마시고 느낄 수 있는 정점이었습니다.

*

이토록 아름다운 남산은 조선 건국 이래 많은 변화를 거쳐 현재에 이르렀습니다. 그런데 다른 내사산과는 달리 왜 이곳에 유독 많은 변화가 일어났을까요? 19세기 중반이 지나고, 바야흐로 이 남산에 먹구름이 끼기 시작합니다. '시련'의 시기가 다가온 것이지요. 이 자리에다가 일본 사람들이 어떤 짓들을 했는지, 그리고 조선은 이런 일본에 어떻게 저항했는지 이제부터 우리가 한번 살펴보기로 해요.

2

대한제국
시대의
남산

한양, 그중에서도 도성 안은 1394년 도읍이 건설된 이후 약 5백여 년이 넘도록 공간적으로는 큰 변화가 없었어요. 조선은 비교적 오랜 세월에 걸쳐 수도를 온전하게 지켜냈습니다.

물론 임진왜란(1592~1598) 때 왜군이 한양을 점령하고 나서 주둔한 적이 있긴 했어요. 남산 북쪽 기슭에 오늘날의 예장동, 그러니까 대한적십자사 서울사무소가 있는 쪽에 그 당시 한양 도성을 지키는 군인들이 무예를 닦던 무예장이 있었어요. '무예장(武藝場)'을 줄여서 동네 이름이 '예장동(藝場洞)'이에요. 바로 이 자리에 왜군이 성을 짓고 터를 잡았다고 해서 '왜성대(倭城臺)', 또는 '왜장대(倭將臺)'라고 했어요. 하지만 이 또한 일시적이었을 뿐, 아무리 조선이 왜란이나 호란으로 다른 나라의 침략을 당하긴 했어도 아예 외국인이 자리를 잡고 사는 경우는 거의 없었어요. 그러나 19세기 후반, 조선이 개항을 하게 되면서 상황은 크게 변합니다.

남산 자락을 잠식한 일제

일본이 본격적으로 남산을 차지하기 시작한 건 1880년대 중반부터입니다. 그 전에는 어떤 식으로든 조선이 일본을 제어합니다. 예를 들어 1876년 일본과 강화도 조약을 맺고 개항을 한 다음에 조선에 주재하게 된 일본 공사는 천연동에 있는 청수관(淸水館)이라는 곳을 공사관으로

사용합니다. 이 청수관은 개항 후 일본에 제공되었던 최초의 외국공관 건물로, 사대문 밖에 있었지요. 이 근처에 조선 최초의 철도인 경인선의 종착역인 경성역(현재 이화여고 서문 쪽)이 1900년에 생기는데 후에 서대문역으로 개칭되었다가 1919년에 폐역됩니다.

그런데 뜻밖의 일이 연달아 터집니다. 1880년부터 사용하기 시작한 일본 공사관은 2년 뒤, 임오군란(1882) 때 신식 군대와의 차별 대우로 분노한 구식 군인에 의해 불타버려요. 일본 공관원들은 일본으로 도망갔다가 나중에 돌아와서는 지금의 종로2가 관훈동에 있는 박영효의 사저에 공사관을 임시로 차립니다. 이 임오군란 후에 조선과 청나라 사이에 조청상민수륙무역장정(朝淸商民水陸貿易章程)이 체결되면서 청의 군대와 상인이 국내로 들어왔고, 일본은 그 기회를 놓치지 않고 자신들의 군대와 상인 또한 조선으로 들여보냈어요. 이때 이들이 자리를 잡기 시작한 곳이 바로 왜장대 아래 지역, 즉 진고개 일대였어요. 이곳이 눈깜짝할 사이에 일본인들의 거류지역이 되어 버린 거예요.

그리고 2년이 흐릅니다. 이 사이 박영효의 사저에서 종로3가 교동 쪽으로 자리를 옮겼던 일본 공사관은 갑신정변(1884) 때 성난 군중에 의해 다시 불타버립니다. 불에 타서 이사하고, 또 기껏 이사를 했더니 또 불에 타고. 그러니 일본 입장에서도 대책을 마련할 필요가 있었겠지요. 이후 1885년 조선과 일본 사이에 한성조약이 체결되는데, 이 조약을 근거로 일본은 조선 정부에 공사관 소실의 책임을 물으며 일본 공사관 대체 부지로 우리 선조들이 풍류를 즐겼던 녹천정 자리를 요구하게 됩니다. 그러면서 그곳에 새로운 일본 공사관(1885)이 세워져요.

"공사 미야모토 슈이치(宮本守一)가 녹천정에 들어가 머물렀는데, 이곳은 남산 발치 주동(注洞) 마루에 있었다. 소나무와 전나무가 울창하고 샘물이 솟아나는 깊숙한 곳으로, 예전에는 양절공 한확(韓確)의 별장이었고 근래에는 전 판서 김상현이 머물렀다. 왜놈들이 다시 오면서 전보다 몇 배나 으르렁대고 능멸하자 조정에서는 그들의 뜻을 거스를까 염려하여 자세를 굽히고 따랐다. 마침내 이 정자를 빼앗아 그들의 공관으로 삼으니, 이때부터 차츰 차지하여 주동·나동·호위동·남산동·난동·장흥방에서 서쪽으로는 종현·저동까지 미치고, 옆으로는 진고개 일대까지 뻗쳤다. 이로써 상남촌(上南村)의 오분의 사를 아울러 사십여 리가

녹천정 자리에 세워진 일본 공사관.
프랑스 파리 지역 일간지《르 쁘띠 주르날(Le Petit Journal)》1904년 2월 21일 자에
수록된 사진으로, 이 일본 공사관은 나중에 '통감부'가 되었다가
'통감관저'를 거쳐 '총독관저'로 변모한다.

모두 왜놈 마을이 되었다."

– 황현, 《매천야록》 제1권 상편 중 〈남산 발치 사십 리가 왜놈 마을이 되다〉

녹천정 일대가 어떤 곳이었냐고요? 조선 초 이곳에는 세조의 공신인 한 명회, 권람의 집이 있었다고 합니다. 조선 후기에 순조가 호조판서인 김 이양(金履陽, 1755~1845)에게 하사했고 그가 저택을 지으면서 세운 정자를 녹천정, 즉 '초록 이끼가 낀 맑은 샘을 바라본다(綠泉亭)'라고 이름을 붙였 어요. 김이양이 죽은 후에는 헌종 때 호조판서 등을 역임한 박영원(朴永 元, 1791~1854)이 이 터를 차지하고 1851년에 새로 정자를 지었다고 합니 다. 굳이 있는 정자를 들어내고 새로 지을 만큼 더없이 풍광이 아름다 운 곳이었다는 뜻이겠죠?

비단 황현만이 아니라 많은 사람이 녹천정에 일본 공사관이 들어선 것 을 두고 탄식했습니다. 그만큼 녹천정은 조선의 풍류와 기백이 어린 곳이었는데 이걸 일제한테 빼앗긴 거잖아요. 참으로 가슴 아픈 일인 거죠.

*

서대문 밖에 위치하던 일본 공사관이 사대문 안으로 들어오게 되면서 남산 일대는 날로 확장해 가는 일본 세력의 핵심 근거지로 자리 잡게 됩 니다. 다시 말해 일본인들의 도성 내 거주가 공식적으로 허용되자 이제 까지 흩어져 살던 일본인들이 훗날 일제 강점기 내내 혼마치(本町)라고 불리게 되는 진고개 일대로 다 모여들게 된 거예요.

사실 이때까지만 해도 조선은 일본인들이 진고개 일대를 차지한 걸 대수롭지 않게 여겼어요. 왜냐하면 진고개는 워낙 못사는 동네라는 인식이 강했고, 원래 공사관에서 근무했던 사람을 제외하고 이곳에 들어온 일본인들은 대개 가난한 상인들이었거든요. 하지만 이들은 노점이든 행상이든, 돈을 벌 수 있는 일이라면 무엇이든 했습니다. 한마디로 갖고 싶은 걸 얻기 위해서라면 뭐든지 할 수 있는, 대단히 공격적인 사람들이었던 거죠. 그들은 조선 사람들의 땅을 헐값에 사들이거나 가옥을 가로채는 식으로 자신들의 영역을 조금씩 넓혀 나갔어요.

그러는 사이 결정적인 사건이 터집니다. 무엇이었을까요? 바로 청일전쟁(1894~1895)에서 일본이 이긴 거예요. 전쟁에서 진 청나라 상인이나 군인들은 허둥지둥 짐을 쌌고, 그들이 빠져나간 자리를 일본 사람들이 야금야금 채워 나갔어요. 순식간에 도성 안에는 일본 상인과 군인들이 많아졌습니다. 사람이 많아지고 차지하는 땅이 넓어지니 힘이 생기는 건 당연했죠. 그러면서 이주해서 살고 있는 일본인들에게 필요하다며 슬그머니 동본원사(東本願寺)의 경성별원(1895)이 통감부 건너편에 들어와요. 동본원사는 진종 대곡파 본원사(眞宗大谷派本願寺)라는, 일본 불교 중 한 종파인데 일본 불교계는 적극적으로 자국의 대외침략전쟁에 따라 나섭니다. 개항 이후, 부산, 목포 등 여러 곳에 별원을 짓고 포교를 했는데, 그중에서도 경성별원은 가장 규모가 컸다고 해요.

1895년에는 세종 때부터 변경의 상황을 조정에 알리던 5개의 봉수대가 철거됩니다. 그러고 나서 일제는 남산 주변에 거류 공간을 확보한 후 자국 거류민의 행락과 휴식을 위해 남산 왜성대, 그러니까 지금 예장동 일

경성 남산대신궁.

대 3,000여 평을 영구적으로 무상 대여받아 1897년 '왜성대공원'을 짓고, 도로 개설과 함께 벚꽃 600그루를 심었어요. 진고개에 사는 일본 사람들을 위해 벚꽃도 심으면서 여기를 공원화한 거죠. 그리고 이듬해, 지금의 숭의여대 자리에 남산대신궁을 세웁니다.

저물어 가는 조선 왕조

외세의 침략이 계속되면서 왕실의 권위는 약화됩니다. 하지만 조선도 가만히 있었던 건 아니에요. 오히려 국왕의 권위를 높이기 위해 여러 가지 시도를 합니다. 1897년, 고종은 조선을 대한제국으로 새로이 선포하고 황제로 즉위해요. 이때가 바로 우리나라 국산 신약 1호 활명수를 만든 동화약방(동화약품의 전신)이 창업한 해예요.

숭의여대에서 내려오면 교문을 나오기 직전 오른쪽에 갑오역기념비(1899) 자리가 있었습니다. 이는 갑오년(1894)에 일어났던 청일전쟁의 승전 기념으로 일본인들이 세운 것으로, 죽은 전사자들을 위해 매년 기념비 앞에서 제사를 지냈다 해요. 지금은 흔적도 없이 사라졌어요.

1900년에는 고종이 을미왜변(1895) 때 순국한 장졸(將卒)들의 충절을 기리기 위한 제단인 장충단을 만듭니다. 이 장충단은 남소영(南小營, 남소문 옆에 위치한 어영청의 분영) 자리에 만들어지는데요. 을미왜변 때 명성황후의 시해를 막으려다 희생된 연대장 홍계훈과 궁내부 대신 이경직을 필두로 갑오농민운동 당시의 관군 전사 장병들을 비롯, 임오군란과 갑신정변 당시에 목숨을 바친 문신들 등 국가를 위해 순국한 이들을 기리고 널리 알리는 동시에 점차 세력을 확장해가는 일본에 대한 경계의 움직임이기도 했지요.

碑念記役城和 ） 所名城京

화성대 기념비.
우리한테는 '왜성대'가 더 익숙한 명칭이지만, 일본인들은 왜성대의 '왜(倭)'라는 글자를 싫어하여 이를 '화성대(和城臺)'라고 고쳐 불렀다. 사진 속 화성대 공원 가운데 있는 조형물은 일본인들이 세운 화성대 기념비, 일명 갑오역기념비(甲午役記念碑)이다.

"난리에 뛰어들어 나라를 위해 죽은 자에게 반드시 제사를 지내어 보답하는 것은 귀신을 위안시키고 기쁘게 하기 위한 것이며 또한 군사들의 사기를 고무시키기 위한 것이다. 갑오년(1894) 이후로 전사한 사졸(士卒)들에게 미처 제사를 지내주지 못하였으니, 참으로 아쉬운 일이다. 생각건대, 원한 맺힌 혼령들이 의지하

장충단사(獎忠壇祠) **앞에서 찍은 기념사진**(1900).
이 행사에는 그 당시 원수부 회계국 총장인 민영환과
의정부 찬정인 이윤용을 비롯하여 다수의 장관급 인물들이 참석했다.

여 돌아갈 곳이 없어 슬프게 통곡하는 소리가 구천에 떠돌지 않는지 어떻게 알겠
는가? 이렇게 말하고 보니 짐의 가슴이 아프다. 제사 지내는 일을 원수부로 하여
금 품처(稟處, 명령을 받들어 처리하다)하게 하라."

– 《고종실록》 37년(1900) 5월 31일.

2_ 대한제국 시대의 남산

오늘날의 장충단로 일대 풍경.
왼쪽에서부터 국립극장, 장충리틀야구장, 동국대학교, 신라호텔,
한국자유총연맹, 반얀트리 등이 과거의 장충단 권역에 속한다.

장충단공원 초입에 위치한 장충단비(앞)   장충단비(뒤)

대한제국 황제의 군통수권을 상징적으로 보여 주는 장충단이 완성되고, 원수부의 주도로 1900년 11월 10일에 첫 제사를 지낸 다음 이곳에서 매년 두 차례씩 봄, 가을로 제사를 지내게 됩니다. 이 장충단제는 조선 시대와 비교하면 제례형식이 크게 바뀌진 않았지만 그래도 눈에 띄는 변화가 있었는데요. 유족과 관료뿐 아니라 그 행사를 구경하고 싶은 모든 국민과 외국인에게도 공개된 행사였고, 그들의 편의를 위해 오전 11시 무렵에 행사를 치렀다는 것이죠. 장충단제는 1908년까지 계속됩니다.

고종이 설립한 장충단은 지금의 장충단공원보다 훨씬 넓은 권역을 차지하고 있었어요. 어느 정도냐 하면 지금의 장충체육관, 신라호텔, 한국자유총연맹, 반얀트리, 국립극장, 장충리틀야구장, 동국대학교 등을 포함하는 한양 도성 안쪽 영역 전부였던 것으로 보입니다. 장충단은 조선 최초의 국립 현충원이었던 셈인데 사당의 위치는 신라호텔 후문 주차장 건물 자리로 추정됩니다. 지금 남아 있는 건 장충단비밖에 없어요.

'장충단', 저 글씨는 순종이 썼다고 하지요? 비 뒷면에는 장충단을 세우게 된 내력과 의미가 새겨져 있는데, 이 비문은 고종 때 문신으로서 당시 육군부장(현재 중장에 상당)이던 민영환이 썼다고 해요.

*

일제의 조선 침략 공세 중에 눈여겨 볼 것은 을사늑약이 맺어지기도 전에 조선헌병대사령부(1904)가 설치된 점이에요. 원래 금위영 분영인 남별영(南別營)이 있던 곳에 1903년부터 일본 수비대가 주둔하다가 1904년에 러일전쟁을 앞두고 전쟁을 지원하기 위한 본격적인 편성체제를 갖춘 것이지요. 물론 한국을 차지하려는 거시적인 계획의 밑그림이었겠지요. 이 지역이 한양에서 가장 경치 좋다는 삼청동, 인왕동, 쌍계동, 백운동과 더불어 '한양 5동' 중 하나로 꼽히던 청학동(현재 필동)인데, 순식간에 일본군의 주둔지가 되어버린 것이 한탄스러운 일이지요. 1910년, 일제

경무총감부(1911).

1910년대 조선 무단통치와 독립운동 탄압을 주도한 핵심기구였던 조선헌병대사령부의 입구. 1910년 경술국치 직전 '헌병경찰제'의 도입과 더불어 일본군 헌병대사령부가 경무총감부의 역할을 겸했다. 건물 너머로는 남산이 보이고, 정문의 왼쪽부터 '경성 제1헌병분대', '조선총독부 경무총감부', '조선주차 헌병대사령부' 현판이 붙어 있다.

의 무단통치가 시작되면서 헌병대사령부는 무단통치의 첨병이 되었습니다. 일제 강점기에 헌병대장 관사로 쓰이던 양풍 건물은 남산대신궁 맞은편, 즉 현재 퇴계로 내려가는 자리에 있었는데 이 지역이 조선 초기에는 서적 인쇄나 제사에 쓰는 향과 도장 등의 물품을 관장하는 교서관(校書館)이 있던 곳이래요.

을사늑약은 1905년 경운궁(덕수궁) 중명전에서 체결됩니다. 중명전은 러시아 건축가 아파나시 세레딘 사바틴(Afanasy S. Sabatin, 1860~1921)이 설계한 건물이에요. 그는 서대문 밖의 독립문을 비롯해 경복궁 서재 관문각, 경운궁 정관헌, 러시아 공사관, 손탁호텔의 건축 및 개조에 관여했어요.

그중 경운궁의 별채인 중명전은 1899년부터 황실 도서관으로 사용되다가 1904년 무렵에는 고종의 접견소 겸 연회장으로 쓰였어요. 그러다 1905년 을사늑약을 체결한 장소가 되었고, 일제 강점기인 1915년, 일제에 의해 외국인에 임대되어 경성구락부(Seoul Union)로 사용되었죠. 한때는 궁궐이었던 곳이 사교클럽으로 전락한 거예요.

1905년, 마침내 조선과 을사늑약을 맺은 일본은 이제 더 거칠 게 없었어요. 조선을 완벽하게 자신들의 식민지로 만들기 위해 이리저리 손을 뻗칩니다. 먼저 북촌에 형성되어 있는 한양의 중심가를 남촌으로 옮기고자 새로 도입되는 주요 기관들을 전부 이곳에 세웁니다. 이를테면 일본 사람들이 많이 살고 있는 남산 북쪽에 일본 제일은행 경성지점(1907)을 열고, 경성우편국(1915, 현재 중앙우체국)도 옮겨 왔어요. 그뿐만 아니라 명동을 필두로 진고개 일대에 상권을 키웁니다. 물론 임오군란 이후 한양에 정착한 일본 상인들이 앞장서서 세를 키워왔기 때문에 가능했던 거지요.

이쯤에서 다시 봐야 할 게 있습니다. 녹천정에 들어섰던 일본 공사관은 어떻게 되었을까요? 역할이 바뀌었습니다.

을사늑약을 맺은 지 2개월이 지난 1906년 1월, 일본은 공사관을 폐쇄하고 한국의 외교권을 전적으로 관리한다는 명목으로 이 자리에 한국통감부를 설치합니다. 그리고 다시 2개월 뒤, 이토 히로부미가 초대 통감으로 취임하면서 한국병탄을 위한 통감 정치가 본격적으로 시작돼요. 그리고 통감부가 나중에 통감부 청사(1906)를 현재 서울애니메이션센터 자리에 새로 지으면서 녹천정에 있던 건물은 통감관저(1907)가 됩니다.

*

이렇게 일본은 남산에 신사, 통감부, 헌병대 같은 식민통치를 위한 시설을 들입니다. 왜 그랬을까요? 오랜 세월 한양을 풍수지리적으로 지켜준 이 신성한 산을 차지해서 한국인의 기세를 한풀 꺾겠다, 그런 뜻이 아니었을까요?

이런 마음을 품어서 그런 건지, 일제는 남산을 원래 자신들의 구역인 양 잠식해 들어갔어요. 이미 이 동네에 살던 일본 사람들을 위한 왜성대공원(1897)이 있었음에도 또다시 회현동 일대를 영구대여 형식으로 차지해서 한양공원(1910)을 만듭니다. 이 한양공원의 표지석은 고종에게 써 달라고 했던 것 같습니다. 고종 임금의 기분이 어땠을까요? 감히 상상이 가질 않아요. 공원 터는 지금까지도 흔적이 남아 있는데, 표지석 뒷면은 누가 꼴 보기 싫었는지 글씨를 정으로 까 버렸어요. 이처럼 조선의 '남촌'은 일제의 본거지로 탈바꿈하여 각종 식민통치 기구와 일본식 종교기관의 집합처가 되어버렸습니다.

이처럼 서서히 잠식해 오는 일제의 접근에 조선 왕조는 기세를 잃게 돼요. 고종이 1907년에 헤이그에 밀사를 파견한 것이 밝혀지고 나서 이토에 의해 강제로 폐위를 당하고 순종이 왕이 됩니다. 새로 등극한 왕은 창덕궁으로 가고 폐위된 고종은 경운궁에 남아 있게 되는데, 순종이 아버지인 고종의 장수를 기원하는 뜻에서 목숨 수(壽) 자를 써서 경운궁을 '덕수궁(德壽宮)'으로 이름을 바꿔요. 그러다가 고종이 이곳에서 승하합니다. 시체의 색깔이 이상했다는 둥 아마도 독살인 것 같다는 둥 소문이 돌았고, 이에 대한 자료나 증언도 아직 연구대상이지요. 고종의 국장을 치르면서 인산일인 3월 1일에 독립만세운동이 일어난 것이 3·1 운동입니다. 덧붙이자면 을미년에 비명횡사한 명성황후는 제때 격식도 갖추지 못한 채 장례를 치렀다가 대한제국을 선포한 직후에 고종이 제대로 치러줍니다. 그때는 청량리(현재 홍릉 수목원 자리)에 장사를 지냈고 지금은 남양주 홍릉에 같이 묻혀 있어요.

＊

19세기 말, 뒤늦은 문호개방에 이어 열강의 이권침탈이 극심해지는 와중에 조선의 국운은 천천히, 그러나 확실히 기울어져 갑니다. 하지만 앞으로 이보다 더 무서운 일이 일어나는 걸 그 당시 사람들은 꿈에도 몰랐을 거예요.

* 을사늑약과 '을씨년스럽다' *

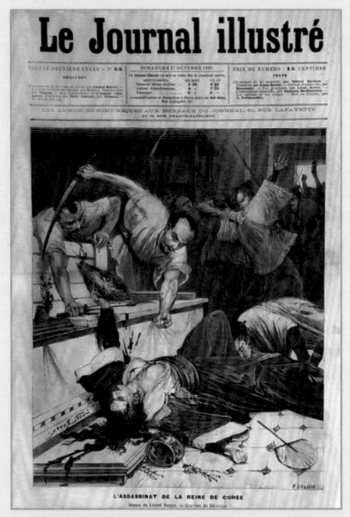

〈조선 왕비 암살(L'ASSASSINAT DE LA REINE DE CORÉE)〉,
프랑스 주간지 《르 주르날 일뤼스트레(Le Journal Illustre)》의 표지 기사(1895. 10. 27).

시간이 지나고 나서 밝혀지는 것들이 있죠. 이를테면 을미왜변 때 명성 황후를 시해한 것은 일본 낭인이 아니라 일본 육군 소위다, 그러니 전쟁 범죄다, 그렇게 주장하는 사람들이 있어요. 그처럼 요새는 을미사변이라고 안 하고 을미왜변, 아관파천도 아관망명, 을사조약도 을사늑약이라 부르기도 하는데, 이는 일본 입장에서 이름을 붙인 것을 바로잡고자 하는 시도인 거지요.

그런데 그거 아세요? 을사늑약, 여기서 '을씨년스럽다'라는 말이 나왔답니다. '보기에 날씨나 분위기 따위가 몹시 스산하고 쓸쓸한 데가 있다'라는 뜻인데 이 말은 처음에는 '을사년스럽다' 하다가 '을씨년스럽다'로 변했다고 하네요.

3

일제
강점기의
남산

일제의 야심만만하고도 집요한 노력으로 조선은 식민지가 되어버립니다. 길다면 길고, 짧다면 짧은 35년간의 식민통치 기간 동안 남산은 어떻게 달라졌을까요?

1910년 대한제국을 병합한 뒤에 가장 큰 변화는 한국통감부가 조선총독부로 바뀐 거예요. 그런데 기관의 이름만 바뀌었을 뿐, 무단통치기로 불리는 처음 10년 동안 남산에는 큰 변화가 없어요. 어찌 보면 을사늑약 전후로 조선통치에 필요한 기반 시설은 이미 다 지어 놓았었다고 볼 수도 있지요.

그러나 3·1 운동이 일어나고 총독부가 문화통치를 표방하면서부터 남산에는 큰 변화가 일어납니다. 국사당 자리에 조선신궁을 짓고, 폐사시킨 장충단 자리를 공원화하고. 남산을 벗어나 본격적으로 시간과 물자를 많이 들여 필요한 시설들을 지으면서 남산에 있던 시설의 용도변경이 일어납니다. 물론 남산 근처에 일본 사람들이 점점 더 많이 살게 되었고 일본에서 오는 방문객도 늘어납니다. 그래서 공원도 필요해지고, 장사가 잘될 테니 미쓰코시 경성점(1930)을 비롯한 여러 백화점이 들어옵니다. 일본 제일은행 경성지점 자리에 새로 짓고 있던 구 한국은행(1909) 건물은 합방 후에 조선은행으로 개칭되어 1912년에 완공되는데, 건물의 주춧돌에 새겨진 '정초定礎'라는 글씨는 이토 히로부미의 것이랍니다. 이토가 1909년에 죽었으니 미리 써 놓은 거네요. 이렇게 일본인들은 자신들의 흔적을 남기기도 합니다.

그럼 지금부터 일제 강점기 때 남산 지역에 어떤 건물들이 세워졌고, 특히 그 당시 남산이 왜 공원화되고 도로가 들어서게 되었는지를 알아보기로 해요. 이 모든 변화는 일제의 치밀한 계획 아래 유기적으로 엮여 있답니다. 그래서 이 변화가 어떤 목적으로 일어나게 되었는지를 알 수 있어요.

남산자락 곳곳에 자리 잡은 침략의 흔적

한국통감관저(1907)

1910년 한일병합을 하면서 통감부는 조선총독부로 명칭이 바뀝니다. 앞에서도 말했듯이 녹천정 자리에 있던 통감관저(1907)는 1910년부터 총독관저가 되었고요. 1910년 8월 29일, 한국통감 데라우치 마사타케(寺內正毅)와 대한제국 총리대신 이완용이 한일병합 조약을 체결한 경술국치의 현장이 바로 이곳입니다. 1937년에 경복궁 북문인 신무문 밖 경무대(경무대는 원래 지명인데 이승만 대통령 때 대통령 관저의 이름이 되었음)에 총독관저(현재 청와대 자리)를 신축하고 그곳으로 옮겨갈 때까지 계속 그 역할을 유지했죠. 이후 '시정기념관(1939)'으로 개편된 이곳에 일본은 합병조약 조인을 기념하는 공간을 만들어 놓았습니다. 지금은 위안부 피해자 추모 공간인 '기억의 터'만 남아 있어요.

일제는 용산에도 1907년 6월부터 3년이나 걸려 지은 총독관저가 있었습니다. 이곳은 원래 한국주차군 사령관 관저로 쓰려고 짓기 시작한 건축물이었지만, 짓다 보니 너무 크고 화려해서 완공되기도 전에 '통감관저'로 용도 변경되는 해프닝이 있었대요. 합병 후에 총독관저가 되었지

1912년 3월 15일, 용산 총독관저를 찾은 조선실업시찰단원 일동.

(京 218)   THE GOVERNOR GENERAL OFFICIAL RESIDENCE   邸官督總山南   (所名鮮朝)

남산의 조선총독관저의 전경을 담은 조선명소 사진엽서.

현재 예장동 2-1번지의 모습.

천장절 기념으로 소학교 학생들한테 훈시하고 있는 **이토 히로부미**(1906).

오른쪽 바위에 올라서서 말하는 사람이 이토.

오른쪽 가장 끝에는 통감부 총무장관인 쓰루하라 사다키치가 있다.

요. 그런데 교통이 불편하고 관리비용 문제로 가끔 귀빈의 숙소나 각종 환영회 등의 행사가 이뤄졌을 뿐, 별로 쓰이지 않았어요.

처음에는 통감관저의 정확한 위치를 다들 몰랐어요. 그러다가 남산의 총독관저의 모습이 담긴 흑백 사진엽서에서 단서를 얻습니다. 《통감관저, 잊혀진 경술국치의 현장》(이순우, 하늘재, 2010)이라는 책에 이 사진이 나와요. 이 책의 저자가 지금 서울유스호스텔 들어가는 오른쪽 공터에, 저 흑백사진의 나무가 서 있는 것을 보고 확인한 것이죠. 그곳에 처음 갔을 때는 그냥 공터였고, 동상 일부가 굴러다니고 있다고 했어요. 동상의 주인공은 하야시 곤스케(林権助)라는 인물로, 1899년 주한 일본공사로 부임해 1905년 11월 을사늑약 체결을 주도한 인물이에요. 1936년에 그의 업적과 희수(77세)를 기념해 관저 건물 앞뜰에 동상을 세운 것이랍니다. 지금은 하야시 곤스케의 동상이 거꾸로 서 있고 주변이 깔끔하게 정리되어 있습니다.

옆의 사진을 볼까요? 먼저 나온 사진엽서에서 본 통감관저의 모습이 그대로 담겨 있죠? 이날은 1906년 11월 3일로, 메이지 천황의 생일인 천장절(天長節)을 맞이하여 아직까지는 통감부인 이 건물 앞에서 이토 히로부미가 경성에 있는 일본인 소학교 학생들을 모아 놓고 훈시하는 사진입니다. 사진 속 아이들이 전부 다 일본 옷을 입고 있는 걸 보면 알 수 있죠. 을사조약이 맺어진 후 천황의 생일날 굳이 통감부 앞에 어린 학생들을 불러다 이토는 무슨 이야기를 했던 걸까요?

남산 발 아래 녹천정에서	南山脚下綠泉亭
삼 년 세월을 꿈속에 지냈네	三載星霜夢裡經

마음이란 곳에 따라 변하는 것이   心緒人間隨境變

때로는 한가롭게 구름도 쳐다보네   別時閑看岫雲青

(己酉 七月 十有四日 將辭京城 援筆自題 春畝山人 ;

기유년 7월 14일에 장차 경성을 떠나려 하매 붓을 잡고 스스로 짓다. 춘무산인)

이토 히로부미, 〈녹천정(綠泉亭)의 자작시〉

시에서 볼 수 있듯이, 이토는 녹천정 자리에 세워진 통감관저에서 풍류를 만끽합니다. 이 자작시는 커다란 편액으로 꾸며져 총독관저에 걸려 있었는데, 특히 데라우치 총독은 스스로 이토의 위업을 허물없이 계승하였노라고 하면서 이 시의 유래를 적은 글을 남겼다고 해요.

이토의 이 자작시는 일제 강점기에 조선에 거주하는 모든 일본인들이 즐겨 암송하는 한시가 되었고, 그 결과 1933년 10월에는 신 다츠마(進辰馬)라는 일본인의 헌납으로 경성신사 구내에 시비가 조성되기에 이릅니다. 이 자작시를 보면 이토가 한가한 나날을 보낸 것으로 묘사하고 있지만, 그가 꿈처럼 보낸 3년 세월이란 것은 곧 국권침탈의 치밀한 행보였지요. 참 아이러니하기 짝이 없어요.

한국통감부(1907), 조선총독부(1910), 은사기념과학관(1927)

앞에서도 말했듯이, 1907년에 새로 지은 한국통감부 청사는 1910년 한일병합 후 조선총독부 청사가 됩니다. 그랬다가 궁궐을 파괴할 겸 경복궁에 조선총독부 새 청사를 지어서 1926년에 옮긴 뒤 이 건물은 '은사기념과학관(1927)'으로 쓰였어요. 은사기념과학관은 천황이 낸 자금, 즉

(京197) THE GOVERNOR GENERALS OFFICE OF COREA IN SEOUL 京城朝鮮總督府 (朝鮮名所)

남산 조선총독부 청사 전경.

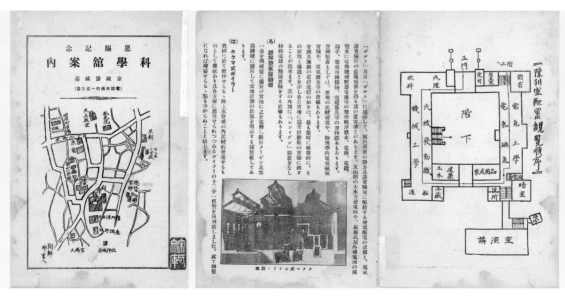

은사기념과학관 안내 팸플릿.
1927년 개관된 우리나라 최초의 과학관으로, 국립중앙과학관의 전신이었다.

은사금(恩賜金)에 기반하여 총독부 주도로 일본 우에노과학관을 모델로 삼아 지은 과학관인데, 일본의 과학기술과 공업의 성취를 선전하는 시설이었지요. 1940년 이후에는 전시 체제에 편입되어 방공기술 등 군사 기술을 전시하기도 했다고 합니다.

남산대신궁(1898) – 경성신사(1915), 조선신궁(1925), 노기신사(1934), 경성호국신사(1943)

일제는 무단통치로 조선 백성의 삶을 억압하면서, 정신적으로도 옭아매려는 시도를 합니다. 이때 일제가 힘을 기울여 지은 것이 신궁과 신사예요. 신궁(神宮)은 일본의 왕 혹은 왕족의 시조를 모시던 제단이고, 신사(神社)는 고유의 신앙 대상, 또는 국가에 공로가 큰 사람을 신으로 모시는 사당입니다. 성격은 비슷한데 규모나 기능은 조금 다른 것이죠. 역사적으로 일본인들은 해외에 이주하는 곳마다 신사를 세웠다고 해요. 이 신사들은 낯선 외국 생활에 지친 이주민들의 마음을 안정시키고 일본식 통과 의례를 지낼 수 있게 해 주었을 뿐 아니라 이주민들을 서로 단결시키는 역할을 했습니다. 남산대신궁도 처음에는 그런 의도로 지어졌어요. 그러나 시간이 지나면서 식민통치를 하게 된 조선에 일본인이 살지 않는 곳곳까지 일본식 신사를 세우고, 조선 사람들한테도 신사참배를 강요하는 행태로 그 성격이 변질되었어요. 결과적으로 신사는 대표적인 황민화(皇民化) 정책의 상징이 됩니다.

아무튼 이 신사에도 등급이 있었어요. 일본 천황이 폐백을 지원하는 관폐사(官幣社), 정부가 관리비용 일체를 부담하는 국폐사(國幣社)로 나

경성 국폐소사(경성신사)의 배전.

뉘고, 그 안에서도 대사, 중사, 소사로 격차를 두었습니다. 식민통치하의 조선의 경우는 조선신궁은 관폐대사(官幣大社)이고, 경성신사 등 8개의 대도시에 있는 신사는 국폐소사(國幣小社)로 조선총독부의 관리를 받았다고 합니다. 그리고 조선총독부는 관국폐사 등급 밑으로 조선의 도(道), 부(府), 읍(邑)의 행정체제에 맞춰 공물을 올리고 유지비를 지원하는 도공진사(道供進社)·부공진사(府供進社)·읍공진사(邑供進社)라는 등급을 만들었는데 경성호국신사는 경기도에서 담당한 도공진사였지요. 이렇게 크고 작은 신사들이 전국에 1,141개나 있었어요. 물론 조선총독부로서

3_ 일제 강점기의 남산

는 일본 건국신 아마테라스 오미카미(天照大御神)와 메이지 천황(明治天皇)을 제신으로 모신 우두머리격 신궁을 조선이 신성시하는 남산에 세웠다는 것 자체가 상징적으로 의미가 컸겠지요.

＊

그럼 만들어진 순서대로 볼게요. 1898년, 한성에 있던 일본거류민단은 일본의 이세신궁에 모셔진 신체(神體) 일부를 가지고 와서 남산 왜성대에 남산대신궁을 창건합니다. 이로부터 17년이 지나 1915년에 정식 신사가 되면서 경성신사로 개칭하게 되죠. 이 경성신사가 국폐소사로 격상되는 건 1936년, 무려 20여 년이 지나고 나서입니다.

그리고 3·1 운동이 일어났던 1919년에 조선총독부는 조선신궁 창립을 공표합니다. 처음에는 조선신궁이 아니라 조선신사로 계획을 하고 짓기 시작했다고 해요. 공사 중에 신사에서 신궁으로 격상된 거죠. 1920년에 본격적으로 건설에 착수하여 5년 만인 1925년에 완공해요. 조선신궁하고 경성신사하고는 무척 가깝습니다. 걸어서 한 10분 정도 걸리는 거리에 거대한 신사를 또 지은 거죠. 약 13만 평(42.3만m²)의 부지에 조선신궁을 위한 수백 개의 돌계단과 건물들이 들어섭니다. 그런데 이 과정에서 남산의 경사면을 따라 이어지던 한양 도성이, 특히 회현 자락 쪽의 성벽이 크게 훼손됐어요. 일제는 숭례문에서 조선신궁 앞까지 참배객의 편의를 위해 성곽을 허물고 찻길을 낸 거죠. 이곳은 지금의 소월길의 모태이기도 합니다. 사실 남산에 있는 도로들은 거의 다 그때 난 거예요.

조선신궁 전경.
384개의 돌계단과 남산 중턱의 본전(本殿), 그리고 배전(拜殿) 구역이 보인다.

《조선신궁 조영지》중 조선신궁 궁역지도(1927).

애초에 일본이 조선신궁의 후보지로 점 찍은 곳은 '남산'과 경복궁 뒤 '북악산' 두 군데였답니다. 두 곳 모두 배면에 산을 등지고 지대가 넓은 데다가 조망이 좋았으니까요. 남산은 일본인들의 거주 지역과도 가깝다는 장점이 있는 반면, 북악산은 남향의 이점이 있었죠. 하지만 그런 이점에도 불구하고 북악산은 최종 후보지에서 탈락했어요. 북악산은 신궁으로 가는 길을 만들기가 어렵다는 단점이 제기됐기 때문이랍니다. 다시 말해 일본은 신궁 건설을 구상할 때부터 조선인들의 강제참배도 염두에 뒀다는 거죠.

옆의 거대한 조선신궁 궁역지도를 보세요. 꼭 동물의 배 가운데를 가른 것 같이 저렇게 해 놓았어요. 그런데 저 위치를 보면 생각나는 게 있지 않나요? 왜 일본이 굳이 남산 중에서도 저 자리에 신궁을 세웠을까요? 그냥 조선의 기를 꺾는 것만이 아니라, 원래 잘 다듬어진 터를 차지하기 위해서도 이런 무리수를 두었던 게 아닐까요? 원래 있던 걸 강제로 옮긴다든가 하는 식으로?

바로 국사당입니다. 조선 초기에 나라의 제사를 지내던 목멱사는 점점 민간 신앙의 공간으로서의 성격이 강해지면서 국사당으로 불리게 되었는데, 일본 입장에서는 국사당 자리에 조선신궁을 지으면서 유구한 역사를 지닌 국사당을 그냥 둘 수는 없었겠지요. 게다가 일제 강점기까지도 국사당과 이왕가의 관계는 계속 이어지고 있으니 눈에 거슬리는 건 당연했고요. 그리하여 1925년 7월, 총독부는 국사당 당주(堂主), 즉 이곳의 관리를 맡았던 무당 김용완한테 국사당 이건(移建)을 요구합니다. 말이 이건이지, 일본 입장에서 국사당은 없애도 그만이었던 거죠. 그러나 이때 김용완은 50엔을 지불하고 국유물이었던 국사당 건물을 사들

KOKUSHIDO TEMPLE AT NANSAN, SEOUL.　南山山頂國師堂

남산 산정 국사당.

여 사유화한 다음, 일본인들로부터 이건비로 100엔을 받아 사당을 해
체해서 현재 인왕산 선바위 밑의 자리로 옮겨 지었다고 합니다. 이 과정
에서 국사당의 이름이 제사 사(祀) 자에서 스승 사(師) 자로 바뀌었다는
말도 있는데, 남산의 국사당 사진을 보면 스승 사(師) 자를 쓰고 있고 시
인 조지훈 선생은 전국의 국사당의 한자 표기가 다른 것을 이유로 '국사
당'은 글자 뜻과 상관없이 음을 취한 것이라고 보았습니다. 굳이 인왕산

으로 옮겨간 이유는 이곳이 풍수지리설에서 명당에 속하기도 하지만, 아직까지도 무속에서 기도의 대상이 되는 태조 이성계와 무학대사가 조선을 세우기 전 기도를 올렸던 곳이었기 때문이라고 해요.

무학대사가 누구인지 아시죠? 이성계가 조선을 건국하고 천도하려고 할 때 무학대사에게 새로운 도읍 터를 찾아 달라고 부탁했어요. 그의 추천에 따라 도읍이 한양으로 정해진 뒤에도 궁궐을 앉히는 것 때문에 주산(主山)을 북악산으로 하느냐, 인왕산으로 하느냐를 가지고 의견이 분분했고 결국은 정도전의 주장대로 북악산을 뒤로 해서 한양의 모습을 갖춘 거예요.

조선신궁 건립 이후 신사는 본격적으로 조선인들을 일민화(日民化)하기 위한 동화의 장치로 활용됩니다. 이른바 조선인의 정신을 지배하려 했죠. 신궁은 일본에도 이세신궁, 메이지신궁 등 몇 개밖에 없어요. 일본은 부여에도 부여신궁을 지으려 했다는데 그거는 아마 잘 안 된 모양이에요.

조선신궁에 오르는 길은 표참도와 동참도, 그리고 서참도가 있었습니다. 표참도에 연결된 하광장부터는 한참 계단을 올라야 중광장이 있고 거기서 또 한참을 올라야 상광장에 다다릅니다. 그렇게 힘들게 올라가면 비로소 참배를 할 수 있는 배전대가 나와요. 그렇지만 동참도는 자동차나 마차를 타고 중광장까지 올 수 있었고, 서참도는 굴다리를 통해 동참도로 연결되었습니다.

이 신궁은 구조도 복잡했는데 신사의 관문인 도리이(鳥居)도 여러 개 있었어요. 밀레니엄 힐튼호텔 인근인 하광장 초입에 도리이가 있었고, 위로 올라가서 신궁 바로 앞에도 도리이가 있었지요. 올라가는 중간에는

조선신궁 표참도(表参道)에서 바라본 도리이(鳥居)의 모습.
조선의 제3대, 5대 총독을 지낸 사이토 마코토가 쓴 '관폐대사조선신궁' 표석과
그 뒤로 쭉 이어지는 계단이 보인다.

1934년 9월에 경성신사의 섭사(攝社, 부속신사) 형태로 창립된
노기신사의 전경.

'삼순이 계단'

서울시
교육연구정보원 옆 계단

* 조선신궁의 계단 *

조선총독부는 조선신궁 입구에서 정전(正殿)이 있는 상광장까지 오르기 위한 돌계단 384개를 놓았습니다. 현재 서울시 교육연구정보원 옆 백범 광장으로 내려가는 긴 계단이 일부 흔적인데요. 다시 말해 이 건물, 즉 옛 어린이회관은 조선신궁 상광장 북쪽 끝에서 중광장으로 내려가는 가파른 계단을 따라 지어진 건물인 것이죠. 다만 이 계단은 원래 폭이 더 넓었지만 백범광장을 새롭게 확장공사를 하고 터널이 생기면서 상당 부분이 잘려 나갔어요. 그리고 이 아래로 이어지는 계단 끝 부분은 밀레니엄 힐튼호텔 앞쪽과 남대문으로 내려가는 길 중간쯤, 즉 남산 공원 입구가 있는 곳에 있었는데, 지금은 백범광장과 서울 성곽의 복원 공사를 하느라 땅에 묻히는 바람에 한눈에 다 알아보기는 어렵습니다.

2005년에 방영한 인기 드라마 〈내 이름은 김삼순〉에 나오는 '삼순이 계단'은 왜성대 방향에서 신궁으로 올라가는 길이었던 동참도와 연결되는 계단의 일부인 것 같아요.

계단, 양쪽에는 석등이 쭉 있었답니다. 다만 이 석등 같은 조경물은 해방되고 나서 여러 사람이 가지고 가서 정원을 꾸미는 데 썼다고 하더라고요. 그런데 해방 직후 전국 대부분의 신사가 한국인에 의해 불타 사라졌던 것과 비교하면 조선신궁의 최후는 달랐어요. 태평양전쟁 종전 이튿날인 1945년 8월 16일에 일본인들은 스스로 하늘로 돌려보냄을 의미하는 승신식을 연 뒤 신궁 해체 작업을 벌였고, 두 달 뒤에는 남은 시설을 소각했다고 합니다. 즉 조선신궁은 일본인에 의해 먼저 해체된 거예요. 각종 신물은 일본으로 가져갔고요.

*

조선신궁 설립 이후 남산 기슭에는 노기신사와 경성호국신사 등이 차례차례 들어섭니다. 이 두 곳은 특히 당대에 일어났던 전쟁의 영향을 보여주는 곳이기도 해요.

노기신사의 주인공인 노기 마레스케(乃木希典)는 러일전쟁에서 일본이 승리를 거두는 데 결정적인 역할을 한 영웅이자 학습원 원장으로 당시 황태손이었던 히로히토의 교육을 담당하기도 했고, 메이지 천황이 사망하자 부인과 함께 자결한 일본 군국주의의 표상이라고 할 수 있는 사람입니다. 일본에는 노기처럼 전쟁에서 큰 공을 세운 사람을 기리는 신사를 만들고 군신으로 떠받드는 전통이 있는데, 청일전쟁, 러일전쟁에서 큰 공을 세운 해군 제독 도고 헤이하치로(東鄕平八郎)의 신사도 도쿄에 있다고 합니다.

한편 현재의 해방촌 쪽에 있었던 것으로 보이는 경성호국신사는 태평양

전쟁이 한창인 1943년에 용산 일본군 기지 근처에 지어진 신사로, 중일전쟁과 태평양전쟁 등에 참전했다 전사한 전몰자 영령을 모신 곳이었다고 합니다. 이곳 역시 경성신사처럼 조선총독부의 관리하에 있던 신사인데 아무 신사나 '호국' 명칭을 붙일 수는 없었다고 해요. 그리고 경성 호국신사에는 비단 일본군만이 아니라 조선인 출신 전사자도 같이 모셔졌다는데, 아마 그들이 모두 '일본군'이었기 때문이겠죠?

남소영(1730) – 장충단(1900) – 박문사(1932)

장충단은 1910년 한일병합 직후 폐사되고, 일제는 1922년 벚나무를 심은 신작로(현재 장충단로)를 내고 연못과 놀이터를 설치하여 공원화시킵니다. 그리고 그 자리에다 조선 침략의 원흉인 이토 히로부미(伊藤博文)를 기리는 사찰을 지은 것이 바로 박문사(博文寺)예요.

장충단을 공원으로 만든 것도 화가 나지만 더 어처구니가 없는 것은 이 박문사를 지을 때 경복궁 선원전을 헐어낸 목재와 광화문의 석재 일부를 가져다 쓰고, 심지어 경희궁의 정문이었던 흥화문(興化門)을 옮겨 총문(總門)으로 삼았다는 점입니다. 이때 '경춘문(慶春門)'이라는 편액도 걸었어요. 박문사가 이토의 이름을 따서 지은 것처럼, 이 편액은 이토 히로부미의 호인 춘무(春畝)에서 따온 거래요.

이 박문사는 1929년 총독부 정무총감에 취임한 백작 고다마 히데오가 한국에 끼친 이토 공작의 '공적'을 영구히 기념할 필요가 있다며 건립 계획을 세우고, 사업 추진에 온 힘을 쏟았대요. 게다가 고다마는 박문사를 세우는 것이 단순히 이토의 명복을 기리는 것만이 아니라, 한국의

박문사 전경.

불교 진흥을 위한 운동의 일환이자 한·일 민족 간의 정신적 결합을 꾀하고, 이로써 한국 통치에 이바지하게 된다는 명분을 내세우기까지 했어요. 참 뻔뻔한 일이죠.

저의 남산 역사 탐방은 이토를 사살한 안중근 의사 동상 앞에서 시작하는데, 공교롭게도 끝나는 지점은 장충단이에요. 생각해 보세요. 을미왜

90

변 후 일제의 만행을 잊지 않기 위해 지은 장충단에 일제는 안중근 의사의 하얼빈 의거로 사망한 이토 히로부미를 기리는 박문사를 지은 거잖아요. 탐방의 시작과 끝만 보더라도 역사의 소용돌이 속에서 물리고 물리는 역사의 아이러니를 느끼게 됩니다.

남산의 공원화: 파괴하고 파괴되는 것

조선 도읍의 남방을 지키는 주작의 현신으로 여겨진 남산은 일제에 의해 여러 차례 훼손되며 일본인들의 공원으로 전락합니다.

경성의 시가지 확장으로 남산이 점차 경성의 중심 공원으로 성장할 것이라 본 일제는 1917년에 대삼림공원계획을 수립합니다. 장충단 일대를 벚나무 수천 그루를 심어 공원으로 개조하고, 경성신사와 조선신궁이 들어서면서 축소된 왜성대공원과 한양공원까지 합친 10만 5천 평에 대하여 1940년 3월 12일, 총독부고시 제118호로 '남산도로공원'으로 지정합니다. 이때부터 '남산공원'이란 이름이 등장하게 되는 거예요.

그런데 남산의 공원화는 단순히 위락시설의 확장이 아니라 공원 조성을 명분으로 한 일제의 공간침략이라 할 수 있어요. 한성부를 점거하는 전략적 도구, 식민도시 건설의 수단이었던 거죠. 통감부 시절에 남산에 지었던 공적 건물들을 남산이 아닌 다른 곳에 더 크고 화려하게 짓고, 공원화한 남산에는 신사와 신궁을 세우면서 일본 자국의 문화를 이식하고 식민지 지배의 정신적 공간으로 바꾸고자 한 겁니다. 계속 공적 기관을 새로 짓고 옮겨 다니면서 그들의 영역을 확장해 나간 것이지요.

남산공원.
이곳은 일명 '왜성대공원'으로 불렸으며, 공원 내에는 사진 왼편에서 보이는
음악당만이 아니라 분수대 등도 설치되었다.

*

앞서 이야기했듯이, 서울은 산으로 둥글게 에워싸인 풍수적 길지입니
다. 남산의 풍수적 역할은 한강에서 도성을 향해 세차게 불어오는 바람
을 막는 안산(案山)이에요. 풍수지리를 21세기에 믿어야 하는지는 모르

겠지만 어찌 되었건 우리 선조들이 명당 자리라 했고, 그 명당 자리를 지키는 안산이 바로 남산이에요. 일제는 그런 남산 자락의 커다란 집터들을 몽땅 빼앗아 그들의 용도에 맞춰 시설을 짓고, 나머지 부분은 공원화를 명분으로 전부 차지해 버립니다.

그럼 풍수지리는 도대체 무엇일까요? 음양오행을 기초로 땅의 성격을 파악하여 목적에 부합하는 좋은 터전을 찾는 거예요. 산수의 형세와 방위 등의 환경적인 요인을 인간의 길흉 화복과 관련 지어 집이나 사찰, 도읍 및 묘지의 입지 선정을 하는 것이지요. 우리나라의 경우, 통일신라 말 승려 도선에 의하여 발전하게 된 후 고려 시대에 전성기를 이루면서 조정과 민간에 널리 보급되었답니다. 그 후 조선 시대를 거치면서 오늘에 이르기까지 우리의 정신과 일상생활에 깊이 자리해 왔지요. 과학적 근거가 있다, 아니다를 떠나서 풍수지리 사상은 우리 민족의 의식 속에 깊숙이 자리 잡은 자연 환경에 대한 경험 철학이랄까, 일종의 전통사상이에요.

풍수를 미신으로 만든 것은 일제 강점기에 일본인들의 의도가 크게 작용한 것이라고도 합니다. 그런데 풍수를 미신이라고 선전하면서도, 실제로는 선전과 반대로 풍수 현장을 철저하게 파괴한 걸 보면 안 믿은 것도 아닌가 봐요. 고도의 심리전을 편 것이라고 말하는 분들도 있어요. 단순히 미신이다, 사이비 종교다 하면서 치부해 버릴 일은 아니라고 생각해요.

남산의 벚나무와 무궁화

100여 년 전 일본인들이 남산의 공원을 만들면서 조성한 벚꽃길이 퍼져 나가면서 오늘날의 남산 벚꽃길이 되었습니다. 민족의 아픔인 남산의

남산의 허리를 수놓은 벚꽃.

상처가 지금의 벚꽃으로 피어 있는 것이죠.

그럼 벚꽃놀이는 언제부터 시작된 걸까요? 벚꽃놀이는 '하나미'라고 하는 일본의 세시풍속에서 온 것이라고들 알고 있습니다만, 우리나라에서도 신라 시대부터 삼짇날(음력 3월 3일)에 진달래가 만발하면 특히 여성들이 화전놀이를 즐겼다고 합니다. 아무튼 벚꽃이 봄을 알리는 전령사와 같은 역할을 하기 때문에 일본의 하나미도 일종의 상춘제라고 할 수 있는데, 일본의 신사나 절에는 예외 없이 벚나무들이 많고 하나미 행사의 열기는 우리의 벚꽃놀이와는 비교도 되지 않을 정도로 전국이 들썩이는 축제입니다.

이런 일본식 벚꽃놀이 풍습이 우리에게 전해진 것은 물론 일제 강점기때에요. 일제는 남산을 공원화하고, 또 주변 도로를 정비하면서 자신들의 취향에 맞는 벚나무를 많이 심었고 자연스럽게 우리나라 사람들도 남산에서 일본식 벚꽃놀이를 즐기게 된 거죠.

우리 조상의 옛 시와 그림에서는 벚꽃을 찾기 어려워요. 벚나무는 관상용보다는 대장경의 목판이나 탈 만드는 재료 등 목재로 쓰였던 것 같아요. 그 대신 우리 조상은 매화, 진달래, 복사꽃을 시와 그림으로 예찬하고 매화음(梅花飮)에 취하였으며 진달래 화전놀이를 했어요. 제주왕벚나무처럼 한국이 원산지인 벚나무도 있지만 오늘날 한국에서 벚꽃을 즐기는 풍습은 일본의 영향을 받은 것이죠. 21세기 글로벌 시대에 벚꽃놀이를 없애자는 것은 아니에요. 다만 벚꽃놀이는 벚꽃놀이고, 선조들이 즐겼던 우리의 꽃을 찾아 그와 관련된 축제들을 만들어가면 어떨까 생각해 봅니다.

영원히 피고, 또 피어서 지지 않는 꽃. 그 이름만큼이나 예로부터 우리

남산 무궁화원의 무궁화.

민족의 사랑을 받아온 무궁화(無窮花)는 우리나라를 상징하는 꽃이에요. 옛 기록을 보면 우리 민족은 무궁화를 귀하게 여겼고, 신라는 스스로를 '근화향'(槿花鄕, 무궁화 나라)이라고 부르기도 했어요. 중국에서도 우리나라를 오래전부터 '무궁화가 피고 지는 군자의 나라'라고 칭송했어요. 이처럼 오랜 세월 동안 우리 민족과 함께해 온 무궁화는 조선 말 개화기를 거치면서 "무궁화 삼천리 화려강산"이란 노랫말이 애국가에 들어갈 정도로 국민들의 사랑을 받았지요.

무궁화에 대한 우리 민족의 한결같은 사랑은 일제 강점기에 시련을 겪게 됩니다. 일제는 무궁화를 '눈에 피꽃'이라 하여 보기만 해도 눈에 핏발이 선다거나, '부스럼꽃'이라 하여 손에 닿기만 해도 부스럼이 생긴다고 하는 등 어깃장을 놓으며 무궁화를 탄압했죠. 특히 한일병합 이후 일본은 대한제국 황실의 상징인 오얏꽃 문양은 그대로 쓸 수 있게 했지만, 문관들의 대례복에 수놓았던 무궁화 문양은 쓰지 못하게 했답니다. 그러나 일제 강점기에 교육가이자 독립운동가인 우호익, 남궁억 등이 무궁화의 가치인식 및 무궁화 보급운동 등에 헌신하고, 동아일보와 같은 신문이나 각급 학교들에서 무궁화를 잊지 않으려는 노력을 계속했는데요. 이 점을 못마땅하게 여긴 일제의 국화말살정책에 의해 갖은 탄압을 받게 되죠.

무궁화는 아침에 이슬을 먹으며 피었다가 저녁에 죽어 버리면 다른 꽃송이가 또 피고 또 죽고 또 피고 하여 끊임없이 뒤를 이어 무성합니다. 바람에 휘날리는 무사도를 자랑하는 사쿠라보다도, 붉은색만 자랑하는 영국의 장미보다도, 덩어리만 미미하게 커다란 중국의 함박꽃보다 얼마나 끈기 있고 꾸준하고 기개 있습니까.

〈동아일보〉, 1925. 10. 21.

비록 무궁화는 한민족을 상징한다는 이유로 일제 강점기 때 갖은 수모를 겪어야 했지만, 시절이 어지러워도 계절은 바뀌고 꽃은 피어나는 것처럼 무궁화 역시 그 명맥을 이어 오고 있습니다.

사실 남산을 걷다 보면 길가에 무궁화와 비슷하게 생긴 접시꽃이 잔뜩 피어 있는데, 우리의 자라나는 아이들이 접시꽃을 무궁화로 알까 걱정이에요. 물론 사진을 보면 알 수 있듯이 무궁화는 나무에 핀 꽃이고 접시꽃은 풀대가 긴 초화입니다. 가끔 색깔이 비슷한 것들이 있어서 헷갈리기도 하지만 꽃술 모양도 다르고 꽃잎 얼개도 아예 다르답니다. 물론

남산 북측순환로의 접시꽃.

남산에는 무궁화가 있습니다. 팔각정 주변 말고
도 남산야외식물원에도 있는데, 특히 식물원 옆
에 아예 무궁화원을 따로 만들어 놓았어요. 꽃
이 피는 여름에 찾아가면 좋은 구경을 할 수 있
습니다. 하지만 길가에도 접시꽃 대신 무궁화가
만발하면 좋겠어요.

남산의 소나무

서울 남산의 소나무는 예나 지금이나 우리 '정체
성'의 보루이자 '민족혼'의 상징으로 인식되고 있
어요. 그런데 삼연 김창흡이 그토록 지키기를 바랐던 '남산 위의 저 소
나무'는 다 어디로 간 것일까요?
남산은 국가방위의 실질적이며 상징적인 기능인 도성과 봉수대, 그리고

남산야외식물원 중 팔도소나무단지의 풍경.

목멱대왕을 모신 산이므로 국가적으로 이를 보호하려는 다양한 노력이 있었어요. 조선 시대에는 태종 11년(1411) 1월에 공조판서 박자청이 군사 500명과 경기도 장정 3천 명을 데리고 남산에 20일 동안 소나무를 심었으며, 이듬해 4월에는 산에 송충이가 발생해 그 피해가 심각해지자 한성부에 명해 송충이 구제에 나서도록 했다고 합니다. 이때를 전후하여 남산의 관리가 엄격해집니다. 남산 기슭에 있는 궁궐이 내려다보이는 집들을 모두 철거하고 벌목과 채석 등을 금하고, 병조에서는 나무를 심고 가꾸는 감역관과 산지기를 채용하여 임무를 수행토록 했죠. 이와 같은 노력으로 남산에는 소나무가 무성했고 갖가지 짐승들이 서식했어요.

고고한 위용을 자랑하던 저 남산의 소나무가 대대적으로 벌목된 것은 바로 일제에 의해서예요. 일제는 남산 일대에 자신들의 공공시설을 지으면서 소나무를 벌채하였고, 특히 조선신궁을 짓기 위해서 13만 평에 달하는 남산 중턱과 정상부 일대의 수목을 베어냈죠. 1930년대에도 철도 부설 등을 이유로 질 좋은 남산 소나무를 마구 베었어요.

이로써 남산은 제 모습을 잃었고 생태계는 파괴되었습니다. 게다가 해방과 6·25 전쟁 뒤 복원은커녕 각종 건물과 시설들이 줄줄이 들어서는 바람에 훼손은 더욱 가속화되었죠. 특히 살길을 찾아 서울로 몰려든 사람들은 남산의 소나무를 거의 남김없이 잘라냈어요. 반듯한 나무는 집을 지을 목재로, 자잘한 솔가지는 땔감으로 베어져 남산은 거의 민둥산이 되다시피 했답니다.

도로, 남산에 들어서다

남촌을 중심으로 일본 주거지가 형성되고, 통치기구가 많이 들어서더니 그 주변을 공원화하면서 신사들이 들어섰잖아요? 그러다 보니 이곳의 접근성을 높일 필요가 생겼고, 차가 다닐 수 있는 도로를 만들기 시작했어요. 지금 남산타워를 올라가는 남측순환로가 그때 만들어진 것인데 그 길을 따라 소나무를 걷어내고, 벗나무를 잔뜩 심어놨어요.

남산공원도로 설계

일제가 남산에 공원을 조성하기에 앞서 도로확장 및 지반공사 등이 시행되었는데, 사실 공원 자체에 대한 공사라기보다는 조선신궁 조성사업의 일환으로 진행이 되었어요. 이 일련의 공사는 한양 도성 축조 이래 시행된 가장 큰 규모의 토목공사일 뿐만 아니라 도시개발 공사였지요.

한양공원에 들어선 조선신궁을 참배하기 위한 길인 참도(参道)는 크게 표참도와 동·서 참도로 세 방향에서 용이하게 접근하도록 만들어집니다.

표참도는 조선신궁 조성 사업과 궤를 같이하여 정비된 길로 숭례문(남대문)에서 조선신궁 하광장에 이르는 도로인데 차도와 보도가 분리되어 있었다고 합니다. 조선신궁 하광장(현재 밀레니엄 힐튼호텔 앞)에서부터는 긴 계단을 오르면서 다시 중광장(현재 백범광장), 상광장(현재 안중근의사 기념관)으

조선신궁 표참도 계단에서
신궁 입구 쪽을 내려다본 풍경.
멀리 왼쪽에서부터 경성역,
세브란스 병원, 남대문소학교 등이
보인다.

조선신궁 동참도에 세워진 도리이.
현재 이 자리 근처에 남산케이블카
승강장이 있다.

로 갈 수 있었어요.

동참도는 왜성대에 자리했던 조선총독부 앞에서부터 한양공원까지의 산책로를 지형과 자연을 살리면서 개수하고 중광장에 이르도록 만들었어요. 서참도는 하광장에서 갈라진 길이 남쪽을 우회하는데, 이곳은 차량과 마차 등이 다닐 수 있는 마장(馬場)으로 하부에 만든 굴다리(隧道)를 통과하면 동참도와 합쳐졌고요. 이후, 남산의 경치 및 주변 경관을 감상하도록 남산 중턱에 자동차 우회도로(현재 남측순환로)가 생겨납니다.

남산을 대상으로 한 계획안 중 가장 오래된 〈경성부 남산공원 설계안〉은 1917년에 산림학자이자 조원가(造園家)인 혼다 세이로쿠가 경성부의 의뢰를 받아 작성한 것입니다. 계획은 실행에 옮기지 못했지만, 일본의 '공원의 아버지'라고 불릴 만큼 전문적인 조원가가 남산을 대상으로 공원 개념을 적용하여 설계한 최초의 계획안이에요.

이 남산공원 설계안을 살펴보면, 기존에 활용되고 있던 왜성대공원, 한양공원, 동쪽의 장충단공원을 성곽 이남 부분에 이르기까지 남산 전체로 확장하고 도로 위계에 따른 동선 계획을 수립합니다. 순환 버스로 공원 전체를 순환하는 동선과 성벽을 따라 남산공원을 일주하는 보행 동선을 계획했지요.

다시 말해 일제는 남산에 신사를 짓고 공원화하는 동시에 관광상품으로 만드는 계획을 세웠던 거예요. 그러면서 경복궁, 창경궁, 장충단, 종묘 등과 같은 조선의 궁궐과 역사적, 정치적 명소를 관광 목적의 경승지 및 놀이공원으로 변형시키고 경성역에서부터 시작하여 시내 곳곳의 관광지에 정차하는 전차와 경성유람버스가 다닐 수 있도록 도로를 만듭니다. 물론 남산공원에 있는 조선신궁은 일본에서 온 관광객들에게는 빼

서참도의 모습.
굴다리(隧道)를 지나 동참도에서
합류했다.

마도하참도(馬道下参道).
동참도와 서참도는 여기서 합쳐져서
위의 광장으로 통하는 표참도와
연결된다.

놓을 수 없는 성지순례 대상이었던 까닭에 남산공원까지 이어지는 도로는 우선적으로 잘 정비한 거지요.

사실 그렇잖아요. 14세기 말에 구획된 한양에 무슨 자동차 도로가 있었겠어요? 서울 사대문 안의 자동차 길들은 상당 부분 일제가 만든 것이지요. 박람회 한다고 길 내고, 덕수궁 안에도 길(현재 덕수궁길) 내고. 이뿐만 아니라 장충단을 가로질러서(현재 장충단로)도, 창경궁과 종묘 사이에도 길(현재 율곡로)을 냈어요. 이중에서 예전의 모습을 복원한 유일한 예가 율곡로입니다.

이렇게 생긴 도로에 자동차도, 전차도 다녔겠지요? 1899년 5월 17일, 서울 서대문~종로~동대문~청량리 구간 개통을 시작으로 서울, 부산, 평양 등에 전찻길이 많이 생겨납니다. 이 전찻길은 해방 뒤에도 이용되지만, 1960년대에 들어 대중교통으로 버스가 많아지면서 전차는 시대의 뒤안길로 사라지게 됩니다. 1968년 5월에 부산에서 먼저 전차 운행이 종료된 후 반년 뒤인 11월 29일, 종로행 왕십리발 전차를 마지막으로 서울에서도 전차가 사라졌어요.

*

이처럼 식민지배를 받는 동안 정말 많은 일이 일어났습니다. 그것은 곧 한국 사람들이 광복을 맞이하기까지 험난한 길을 가야 했다는 뜻이기도 해요. 그만큼 남산은 짧지 않은 시간 동안 처절하게 짓밟혔고요. 그러나 그토록 오랫동안 기다렸던 조국의 해방 후에도 남산은 또 다른 인고의 세월을 겪게 됩니다.

* 경성명승유람안내 *

1939년에 발행된 경성명승유람안내, 일명 '경성 관광 안내 팸플릿'입니다. 경회루를 표지 전면에 실었어요. 이걸 펼치면 팸플릿 하나 가득 유람버스 안내와 관광지가 표시된 경성지도가 나타나요. 뒷면에는 조선신궁, 한양공원, 장충단공원, 박문사 등이 사진과 함께 설명이 실려 있고요.

이 팸플릿에는 경성역에서 출발하여 남대문을 지나 조선신궁이 있는 남산을 가로질러 올라가고, 그러다가 은사기념과학관 쪽 길로 내려와 다시 장충단, 박문사로 가는 붉은색의 유람버스 노선이 표시되어 있어요. 이처럼 일제 강점기 남산은 식민통치의 중심지이자 이를 선전하는 주요 관광코스였답니다.

* 동화약품, 제약보국의 역사 *

1930년대에 열강들이 벌이는 제국주의 전쟁에 일본도 끼어들었고, 일본의 식민통치를 당하던 나라의 사람들 역시 전쟁에 직접적으로든 간접적으로든 휘말리게 됩니다. 한국도 예외는 아니었어요. 일제 때 강제 동원된 조선인이 782만 명으로, 당시 조선인 인구의 30%라고 합니다. 그중 강제징용된 인원이 755만여 명. 탄광 막장에도 들어가고, 군함도에도 끌려가고 그랬지요. 그다음에 강제 징병은 학도병을 포함해서 27만여 명, 위안부는 4~20만여 명이나 동원되었다고 합니다.

강제 징병 27만여 명 가운데 우리 아버지도 포함되어 있어요. 아버지는 보성전문학교 재학 중에 학병으로 만주에 끌려갔다가 해방 즈음에 탈출해서 광복군에 지원 입대합니다. 광복군 주호지대 5중대장을 지내다가 해방 후에 귀국하셔서 별로 쉬지도 못하고 회사로 바로 들어오셨지요. 아버지가 회사일 하시다 힘들 때면 남산 팔각정으로 올라가는 그 계단을 오르시곤 하셨어요. 넘어지신 적도 있는데, 그래서 내가 그쪽을 역사 탐방을 하러 다니다 보면 아버지 생각이 나요. 나라 잃은 민족으

학도병 시절의 윤광열(21세, 뒷줄 오른쪽).

가송 윤광열(1924~2010).

로 강제로 신사참배하고 사지로 끌려갔다가 살아오신 분이 힘들 때마다 그 계단을 올라 다니시면서 어떤 생각들을 하셨을까 하고.

저는 10년 이상 매일 남산에 갔는데, 탐방할 때와는 반대로 장충단 쪽에서 걸어오거든요. 국립극장 쪽에서 북측순환로로 들어가서 팔각정으로 향하는 계단을 올라가요. 그때마다 생각하지요. 내가 '매일 아버지를 만난다'.

징병당했다가 탈출해서 광복군으로 간 사람들을 찾아보기도 하고, 선친을 국가유공자 추서도 해 볼까 하는데 잘 안 돼요. 그래도 그때 타국으로 끌려갔던 학도병들이 시간이 흘러 해방 후 대한민국의 건설에 중요한 역할을 했다는 것은 확연한 사실입니다.

보성전문학교 재학 시절의 윤창식.

보당 윤창식(1890~1963).

박시백 화백의 《35년》이라고, 일제 강점기 전반을 다룬 만화책 시리즈
가 있어요. 첫째 권 《35년. 1: 1910–1915 무단통치와 함께 시작된 저항》
(박시백, 비아북, 2018)을 사서 별 생각 없이 읽다 보니 175쪽에 할아버지 이
야기가 나왔어요. 조선산직장려계 총무. 윤, 창 자, 식 자. 할아버지가
20대 때이지요. 보성전문학교가 배경인 것 같아요. 계장에 최규익, 회
계에 최남선, 그리고 남형우, 김성수 등이 동참했다고 합니다. 원래 무
슨 모임의 온갖 실무는 총무가 하는 거 아니에요? 그러니까 저 당시 우
리 할아버지가 어느 정도 중요한 인사이셨던 것 같아요. 해방 후에 사랑
채에 김구 선생이 오시고 그랬다 그러거든요. 결국 '식민지 시대 때 우리
국산품을 써서 우리나라 산업을 살리자', 그런 운동이었던 모양인데 내
용이 불순하다고 해서 해체되고 그게 나중에 물산장려운동으로 연결되
었지요.

우리 회사가 금년(2022년)이 창립 125주년인데 처음 회사를 만든 것은 민씨 집안이에요. 민강 초대 사장의 아버지이자 선전관(임금을 지근 거리에서 모시던 무관)을 지냈던 민병호가 궁중비방에 의료선교사 알렌을 통해 알게 된 서양의학 지식을 적용하여 한약처럼 달이지 않고 쉽게 먹을 수 있는 물약, 활명수를 개발한 것이지요. 제대로 된 약이 없어 어떤 병을 앓더라도 끝에는 토사곽란으로 목숨을 잃는 일이 부지기수였던 민중들에게는 활명수(살릴 活, 생명 命, 물 水)의 이름 뜻 그대로 '생명을 살리는 물', 다시 말하면 그 당시에는 만병통치약이었지요.

이렇게 시작된 제약산업은 아들인 민강 선생이 경영했는데 민강 선생은 상해임시정부와 국내 연통제가 있었을 때 서울연통부 책임자였어요. 그러니까 활명수를 팔아서 독립운동 자금을 지원한 거죠. 옥살이를 하다가 돌아가셨어요. 그 집안에서 40여 년 운영하다가 서로 왕래가 있었던 우리 할아버지가 1937년에 인수를 해서 5대 사장을 지내신 것이죠. 젊어서 조선산직장려계 총무를 하고, 우리 물건을 써서 우리나라 경제를 살리자는 정신을 갖고 살아오신 분이 제약보국에 나서게 된 거예요.

이런 할아버지, 아버지가 계시니, 앞으로 나는 나라를 위해 어떤 일들을 할 수 있을까. 이런 고심 속에 이 책을 쓰게 되었다고 할 수 있어요.

4

광복
후의
남산

그토록 간절히 바랐던 광복을 맞았지만 남산에서는 예상치 못한 상황이 벌어집니다. 한반도에 남겨진 일본인 소유의 재산인 적산(敵産)은 미군정청의 소유가 되었다가 1946년부터 민간에 불하되기 시작했어요. 그리고 남산의 일제 강점기 공공시설 대부분은 대한민국 정부가 사용하게 되었습니다. 그런데 해방과 함께 남북이 분단되고, 6·25 전쟁까지 일어나면서 해외에서 귀국한 동포들과 북에서 월남한 피난민들의 마을 '해방촌'이 남산의 남쪽 자락에 생겨났어요. 일제에 의해 남겨진 상처가 아물기도 전에 남산 일대는 무분별한 잠식과 점유의 대상이 된 것이지요. 이 혼란기에 남산이 어떻게 변해가는지를 살펴보도록 하죠.

정권 따라 변하는 남산 풍경

1945년, 수많은 국제적인 변수 속에서 한국은 마침내 광복을 맞이합니다. 새 시대를 맞이하여 이에 걸맞은 새로운 기관과 체제를 만들어야 할 필요가 있었겠지요. 새 술은 새 부대에 담아야 한다는 것, 그거랑 비슷해요. 그래야 자신만의 정통성을 확립할 수 있거든요. 우리 동화약품의 대표적인 상품인 활명수가 백 년도 넘는 세월에 살아남은 비결이 변치 않는 효능과 함께 시대에 맞춰 꾸준하게 세련됨을 추구해온 데 있는 것처럼, 모든 사회의 구성 요소들 역시 계속해서 색다른, 그러나 한편으로 변함없는 모습을 어필해야 살아남을 수 있는 거예요. 정부도 마찬가지이지요.

이승만 정부는 일제 강점기가 끝난 후 미군정을 거쳐 처음 들어선 정부였습니다. 당연히 일본 식민통치는 물론이요, 그 이전의 대한제국, 그리고 더 이전의 조선 왕조하고도 달라야만 했습니다. 이는 다시 말해 정부의 정체성 확립이 시급했다는 뜻이기도 하죠. 그렇지만 이 시기의 대한민국 정부는 당연히 재정이 열악했고, 그렇기 때문에 조선총독부가 쓰던 시설을 그대로 사용하는 것 말고는 별다른 선택지가 없었을 것입니다. 시국이 반영되지 않는 자연과 사물이 없듯이, 총독부 관리들이 이용하던 공적 기관의 시설과 관사는 전부 신생 대한민국 정부의 필요에 따라 용도가 바뀌었습니다. 이를테면 조선총독부 청사는 대한민국 정부청사인 중앙청이 되고, 경무대에 지어졌던 총독관저가 대통령 관저가 되는 식이지요. 일본 사람들이 통감부 맞은편에 세웠던 일본식 절 동본원사는 대한민주청년동맹 본부(1946)가 되었다가 나중에 한양교회(1955)로 변합니다. 통감관저였다가 총독관저로도 쓰인 시정기념관(1939)은 국립민족박물관(1945), 국립박물관 남산분관(1950), 연합참모본부(1954)로 바뀌고요. 노기신사 자리에는 남산원(1952)과 리라초등학교(1965), 경성신사 자리에는 숭의학원(1953)이 들어섭니다.

교서관 터(1392) – 헌병대장 관사(일제 강점기) – 외교구락부(1949)

서울애니메이션센터에서 퇴계로 쪽으로 내려오다가 지금 숭의여자대학교 별관이 있는 곳에 예전에는 외교구락부가 있었어요. 일제 강점기에 헌병대장 관사였던 이곳에, 해방 후인 1949년 신익희, 조병옥, 장택상, 윤치영 등 정·재계 인사들이 뜻을 모아 국내외 인사들의 교류를 위한 서양식 레스토랑이 문을 열면서 그 역사가 시작되었다 합니다. 그 당시 보기 드문 양풍 건물에다 민간인이 경영한 최초의 양식당으로 기록되어 있지만, 이곳은 단순한 음식점이라고 할 수는 없어요. 이곳은 여야를 막론하고 정치인들이 많이 드나들었고 그 밖의 사회 저명인사들의 출입도 많았던 만남의 장소였지요. 게다가 현대사에 남을 정치인들의 회합, 담판 같은 현대사적 이벤트도 많았기 때문에 현대정치의 산실이라고도 불립니다. 물론 조촐한 약혼식도 하고 그랬어요.

노기신사(1934) – **남산원**(1952) – **직업소년학교**(리라학원, 1952)

노기신사는 노기 마레스케라는 일본 제국의 군인을 참배하기 위해 설립된 곳이었습니다. 그런 장소였지만 6·25 전쟁 후, 이곳에는 아이들을 위한 건물이 들어서게 됩니다.

남산원은 1952년에 '군경유자녀원'이라는 이름으로 설립되어 군인과 경찰유자녀 69명을 인수하고 수용하며 시작되었습니다. 시기를 보면 짐작할 수 있겠지만, 이때 이곳으로 오게 된 아이들은 대부분 한국전쟁으로 경찰이나 군인이었던 부모를 잃은 경우였죠. 남산원 강당 건물은 1959년에 미군의 지원을 받아 지었다고 합니다. 건물 외벽에 'ARMED FORCES ASSISTANCE TO KOREA'라는 표지판이 붙어 있어요. 1990년에 명칭을 남산원으로 변경하였고 아직도 0세부터 18세까지의 보호가 필요한 아이들을 양육해서 올바른 사회의 구성원으로 자립할 수 있을 때까지 보호하는 역할을 하고 있습니다.

제가 몇 년 전에 갔을 때 찍은 사진인데, 그 당시만 해도 방치되어 있긴

▤ 남산원에 남아 있는 노기신사의 흔적.

▤ 남산원 입구 오른쪽에 놓인, 참배하기 전에 손을 씻기 위해 물을 담아 두던 수조.
마음을 씻으라는 '세심(洗心)'이란 문구가 새겨져 있다.

▤ 남산원 마당 암벽에 붙여 놓은 석재들.
시주자들의 이름이 새겨져 있다.

했지만 노기신사의 흔적들이 일부 남아 있었어요. 남산원 뜰에 놓여 있던 돌 탁자는 신사 관련 유물로 받침 부분을 뒤집어 놓은 것이었는데 이런 흔적들은 시간이 흐르면서 나뭇잎이 빗물에 쓸려 내려가듯이 점점 없어지고 있어요.

안쪽으로 들어가 보면 일본인 이름이 새겨진 석재들이 암벽 위에 붙어 있습니다. 이 이름들은 무엇일까요? 아마도 이 신사를 지을 때 시주를 한 사람들의 명패로 보입니다. 앞에서도 잠깐 말했듯이 조선신궁의 계단을 장식했던 탑들을 해방 후 많은 사람들이 가지고 가서 다른 용도로 썼던 것처럼, 이것도 해방이 된 다음 사당을 향하는 길목에 죽 서 있던 것들을 뽑아 토사를 막는 석재로 쓴 것입니다. 위아래, 안팎도 따지지 않고 시멘트로 붙여 놓아서 신사였던 흔적과는 전혀 상관이 없어 보이죠. 그런데 가장 놀라운 것은 뭔지 아시나요? 이 노기 장군을 자랑스럽게 생각하는 일본 관광객들이 아직까지 찾아온다는 사실입니다. 일각에서는 그를 비판하는 이들도 있지만, 그를 좋아하는 팬들이 아직도 꽤 있는 모양이에요.

한편 남산원 근처에 있는 리라초등학교, 리라아트고등학교 등은 사단법인 리라학원에 속한 학교들로, 이 학원이 생기게 된 계기를 알기 위해선 1952년으로 거슬러 올라가야 합니다. 그 당시 중부 경찰서에서 근무했던 경찰관 권응팔은 전쟁 고아와 부랑아들을 데려다 돌보았습니다. 처음에는 중앙우체국 건물 벽에 칠판을 걸고 간단한 기술을 가르치다가 직업소년학교를 설립하게 되었다고 해요. 이러한 사실이 널리 알려지자 1957년에 이승만 대통령이 방문해서 격려하고 노기신사 터를 내주었다는 이야기가 리라학원 홈페이지에 실려 있어요. 이렇게 시작해서 오늘날의 리라학원이 되었습니다.

경성신사(1915) – 숭의학원(1953) – 숭의여자대학(1998)

현재 예장동에 위치한 숭의여자대학교 일대는 원래 경성신사가 있던 자리예요. 지금도 숭의여자대학교에는 경성신사로 올라가던 계단의 흔적을 찾을 수 있는데, 바깥 쪽만이 아니라 학교 내부에도 계단의 흔적이 있답니다.

숭의여자대학교는 역사가 긴 학교입니다. 처음 학교로서의 모습을 갖춘 것은 1903년, 장로회 계열 미션스쿨인 숭의여학교입니다. 이 숭의여학교는 원래 평양에 있었는데, 신사참배를 강요하니까 차라리 폐교를 하겠다 하고 1938년에 문을 닫았다고 해요. 그리고 해방이 되자, 평양에서 신사참배를 거부하느라 자의로 문을 닫았던 학교이니만큼 경성신사 자리에 세우면 의미가 있지 않겠느냐 하고 정부에 청원을 했다고 합니다. 일제의 잔흔을 없앤다는 것에 상징성이 있었겠죠? 그래서 1953년에 설립인가가 났고, 학교법인 숭의학원이 되었습니다. 학교 재건에는 영락교회의 지원을 받았다고 합니다. 그래서인지 숭의여자대학교 내 숭의초등학교 뒷편에 영락교회의 한경직 목사 기념비(한경직 목사 기도동산)가 있어요. 영락교회는 주로 이북에서 내려온 사람들이 다니는 교회인데 국가의 미래를 위해 인재를 양성하는 것을 교회의 사명으로 여겨 대광학원, 영락학원, 숭의학원 등 많은 학교 법인을 설립하거나 재건하였고, 운영을 위해 지원했어요. 분단으로 인해 살고 있던 터전을 포기하고 피난 와서 모든 것을 새로 일궈야 했던 실향민들의 의지가 눈에 보이는 듯해요.

숭의여자대학교에 있는 **안중근 의사 동상**(1974년 건립된 두 번째 동상)

안중근 의사 동상(1959, 1974, 2010)

현재 국내에는 안중근 의사 동상이 총 세 곳에 있어요. 그중 가장 먼
저 만들어진 동상은 1959년 안중근 의사 기념사업회에서 주관한 것으
로, 이 첫 번째 동상은 원래 숭의여자대학에 있었다고 합니다. 그러다가
1970년에 남산에 안중근의사기념관이 지어지면서 첫 번째 동상이 옮겨
졌는데, 이 기념관에 두 번째 동상이 만들어지면서 첫 번째 동상은 전

남산 안중근의사기념관 입구에 있는 안중근 의사 동상(2010년 건립된 세 번째 동상)

남 장성 육군 상무대로 이전했답니다. 그리고 세 번째 동상이 만들어지면서 두 번째로 만들어진 동상이 2012년 다시 여기 숭의여자대학교로 옮겨진 거래요.

품에서 태극기를 꺼내 드는 이 동상은 거사를 치른 뒤의 안중근 의사의 모습을 묘사한 것 같은데, 자못 비장합니다. 만약 안중근 의사의 희생이 없었다면, 지금의 한국은 정말 어떻게 되었을까요?

미8군 종교휴양소(1955 ~ 2020)

미8군 종교휴양소는 우리 정부가 해방 후 1955년 2월 22일에 미군 종교 시설로 허가해 줬다고 합니다. 원래 이곳은 일제 강점기 때 제3대, 제5 대 조선총독을 역임한 사이토 마코토가 1931년에 발원문까지 쓴 일본 조동종 계열의 약초관음사 자리였다고 하는데, 완공되지는 않았던 것 같아요. 해방 후에는 원불교에서 인수해서 절 이름을 '정각사'라 개칭했 습니다. 그러면서 동시에 고아원인 보화원도 운영했답니다. 이 정각사 의 역사를 찾아보니, 한국전쟁 당시 국방부에 의해 일방적으로 징발조 치 당했고, 미8군 사령부가 일부를 사용하게 된 것이랍니다.

이곳은 하얏트호텔 동북쪽 길 건너에 위치한 남산예술원 웨딩홀 북쪽 인데 남쪽 자락에서 남산 쪽으로, 다시 말해 한남동에서 장충동 가는 길에 있었어요. 남산예술원 웨딩홀에서 최근 형성된 남산 둘레길을 따 라 조금 더 안쪽에 있었는데 겨울에는 잘 보이지만 여름에는 숲이 우거 져서 안 보였지요. '미국 정부 시설', '접근금지' 등의 표시판이 있고 철 책을 해 뒀는데 이 종교 타운 자체는 규모가 꽹장히 커요. 보통의 마을 처럼 교회와 집도 있습니다. 이곳은 시민단체에서 미군 시설 기름유출 문제를 이야기할 때 거론되었던 곳으로 주한미군이 반환하기로 한 전국 12개 기지에 포함되어 마침내 2020년 12월에 반환이 이뤄졌어요. 앞으 로 미8군 종교휴양소는 공개경쟁입찰을 통해 매각될 예정이라 하네요. 남산 동쪽 자락을 차지하는, 지금은 텅 빈 공간이 언제쯤 시민의 품으 로 돌아올 수 있을까요?

미군통신탑(1957)

한 지인이 어느 날인가 남산 사진을 찍어 보내면서, 자기가 어디 있는 것 같으냐고 묻더라고요. 남산의 봉우리가 두 개가 보이는 것을 보고. '하얏트지?' 단번에 맞췄더니 깜짝 놀라더라고. 남산에는 동봉과 서봉, 그리고 잠두봉이 있는데, 남산타워가 있는 곳이 서봉이에요. 그럼 동쪽 봉우리에는 뭐가 있느냐. 사실 동봉에도 뾰족한 탑이 하나 있거든요. 이게 주한미군 통신기지, 캠프 모스(Camp Morse)에요. 흥미로운 사실은 한양 도성의 제1봉수대의 위치가 현재의 캠프 모스 자리라는 거지요. 즉 조선 시대 통신시설이 있던 자리에 미군의 통신탑이 세워진 거예요.

국립과학박물관(1945) – KBS 라디오 방송국(1957)

은사기념과학관이었던 자리는 해방 후에 국립과학박물관(1945)이 되었다가 정부 수립 후에는 국립과학관이 됩니다. 대지 2,885평에 건평 1천 평 가량의 목조 건물에 10만여 점의 동식물 표본과 실험기구, 연구실이 갖춰져 있었어요. 그러나 6·25 때 불에 타버리고 그 자리는 KBS 라디오 방송국이 됩니다.

그랜드하얏트호텔에서 본 남산타워가 있는 서봉(왼쪽)과 미군통신탑 캠프 모스가 있는 동봉(오른쪽).

떠오르다 사라진 이승만의 자리

대한민국 초대 대통령 이승만의 자유당 정권은 1948년부터 집권해 오다가 1960년 4·19 혁명으로 이승만이 하야하면서 무너집니다. 이승만은 배재학당을 나오고, 정동 제일교회를 다니던 개신교 신자이지요. 그래서 그런지 기독교적인 성향에 애국 정신도 강했고, 반공정신 또한 강했습니다. 오랜 세월 해외에서 독립운동을 하다가 돌아온 그는 비록 통일은 성공하지 못했지만, 남한만이라도 민주주의 국가를 만들고자 해서 많은 노력을 기울였지요. 그런데 그 뒤로 문제가 생깁니다. 생각해 보면 이분이 대통령이 된 게 1948년이고, 그때가 73세예요. 지금도 73세면 적은 나이가 아니지만 그때부터 10년이 넘도록 대통령을 하니, 너무 나이 먹도록 대통령을 한 것이 문제였던 것 같아요.

새로운 대한민국이 시작되었으니 이승만 정부는 자신들의 정통성을 드러내고 싶었을 거예요. 일반 시민들에게 정치적 상징을 통해 위엄을 보이고, 최고 권력자인 이승만에게는 충성심을 보여야 했겠죠. 물론 고령의 이승만은 기뻐했을 거고요. 이런 기조에 따라 남산에는 몇 가지 조형물이 만들어집니다.

기독교박물관(1948) – 이승만 대통령 동상(1956), 우남정(1959)

조선신궁 터에는 기독교박물관을 지었는데 그때까지 남아 있던 384개

■ 이승만 대통령 동상 제막식 중 축하공연 모습(1956).

□ 이승만 대통령의 우남정 시찰(1959).

의 계단은 겨울에 눈썰매장으로 이용하기도 했던 것 같아요. 그런데 이곳에 이승만 대통령 동상이 설치돼요.

1956년 8월 15일, '이승만 대통령 80회 탄신축하위원회'(위원장 이기붕)에 의하여 남산에 건립된 이승만의 동상이 제막되었습니다. 약 25m에 달하는 동상은 그 당시 동양 최대의 크기였다고 해요. 4·19 때 학생들이 끌어내렸지요. 한때는 최고의 권력자였지만 시류를 읽지 못하는 바람에 이승만은 젊은이들의 신망을 잃은 것입니다. 지금은 동상의 머리 부분만 남아 전해지고 있고, 동상이 있었던 자리는 현재 한양도성유적전시관이 되었어요.

동상뿐만이 아니에요. 이승만 정권은 더 나아가 옛 국사당 자리에 지붕이 여덟 모 모양의 정자인 우남정을 세웁니다. 정자의 이름은 이승만의 호, 우남(雩南)에서 따왔어요. 우남정은 1년 반 동안 3,600만 환의 예산을 들여 공사해서 1959년에 남산 꼭대기에 세워졌습니다. 정자를 만든 취지는 대통령의 은덕을 길이 전하며, 서울 시내를 한눈에 내려다볼 수 있는 자리에 정자를 세워 장차 시민의 놀이터가 되도록 한 것이라고 하더라고요. 그런데 이 정자를 굳이 팔각정으로 지은 이유가 혹시 있었을까요? 다름이 아니라 '팔도강산'을 상징하기 위함이라고 합니다. 이곳 역시 이승만 동상과 마찬가지로 4·19가 일어난 후 학생들에 의해 철폐되고, 1968년 박정희 대통령 때 되어서야 복구됩니다. 지금은 그냥 남산 팔각정이라 불리고 있어요.

*

한국 사람들에게 광복은 더없이 소중했습니다. 나라와 언어, 그 외의 많은 것들을 일본한테 빼앗겼던 식민지 상태를 벗어난 다음에는 괴로웠던 기억을 한시라도 빨리 덜어내고 싶었을 거예요. 물론 새로 들어선 이승만 정권 역시 이를 모르지는 않았을 거라고 생각해요. 그러나 해방 직후 대한민국 정부의 재정이 너무 열악해서 일제가 남기고 간 식민지의 잔재들을 용도 변경해서 쓸 수밖에 없는 지경인데도 이승만을 '국부'로 내세우기 위한 '충성경쟁'에서 비롯된 여러 사업들이 줄줄이 시행된 것은 어처구니가 없습니다. 남산만 보더라도 경성신사 터에 안중근 의사 동상은 만들었지만 그뿐입니다. 자신들의 정통성과 권력을 강조할 기념물을 건립하는 데만 관심을 쏟았을 뿐, 이승만 정권에서는 남산이 가진 아픔의 역사를 교훈의 현장으로 남기려는 시도는 도통 찾아볼 수가 없어요. 심지어 6·25 전쟁까지 겪게 되니 뭘 찾기도 어려워집니다. 흔적이 조금이라도 남아 있으면 다행이고, 아예 뭐가 있었는지조차 알 수 없게 싹 없어진 것도 많고. 정말이지 한탄스러울 따름이에요.

5

군사정권
시대의
남산

인류 역사상 언제는 안 그랬냐고 하지만, 제1공화국 시기를 지나 제6공화국까지의 대한민국은 정치, 경제, 사회, 어느 하나 뺄 것 없이 모든 면에서 그야말로 다사다난했어요. 특히 정치적인 면에서는 1987년 10월 27일, 국민 투표를 통해 대한민국 헌법이 대통령 직선제로 다시 바뀌기 전까지 격동기 그 자체였습니다.

왜 이렇게 혼란스러웠을까요? 그건 대한민국이 차곡차곡 단계를 밟아, 온전히 우리만의 힘으로 정치체제를 바꾼 게 아니라서 그런 것 같아요. 조선에서 대한제국으로, 일제의 식민지에서 미군정을 거쳐 다시 대한민국이 될 때까지 우리는 일본뿐 아니라 미국과 중국, 러시아를 비롯한 외부 세력의 영향에 크게 좌우됩니다. 다들 한국이 약소국이었을 때는 약소국이라서, 식민지였을 때는 식민지여서, 독립한 다음에는 우리가 해 준 것이 많으니 너는 이렇게 해야 한다는 식의 간섭을 하죠. 띄울 수 있는 배 크기도, 갈 곳도 이미 정해져 있는데 사공이 너무 많은 거예요. 이런 식의 간섭이 남산에도 영향을 끼칩니다.

조선 시대에는 왕권의 신성함을 알리는 장소였고, 일제 강점기에는 일제의 번영과 위세를 뽐냈으며, 광복 후에는 이승만 대통령의 위업을 과시하는 무대가 되었던 남산은 군사정권이 들어서면서 경제 성장과 정치적 기능이 집약된 요충지가 됩니다. 위정자들이 권력을 과시하고, 명분을 세우며 정권을 수호하기 위한 공간으로 쓰인 거죠. 특히 1961년에 중앙정보부가 세워지고, 1964년에 반공교육의 본산지가 된 자유센터가 들어서면서 남산은 보다 딱딱한 장소로 변합니다. 그 상징적인 이미지를 제목에 담은 〈남산의 부장들〉(2020)이라는 영화도 나왔지요. 영화를 보면서 우리는 예전에 남산이 이렇게나 정치적으로 강압적인 이미지를 띤 장소였었다는 걸 새삼스럽게 느낍니다. 한때 '남산으로 끌려가고 싶으냐'라는 은어가 종종 쓰였으니까요.

한편으로 이곳에는 정부의 경제발전 계획에 따라 외국자본 유치와 기술 이전을 위한 외국인들의 전용 공간이 들어섰고, 정부가 앞장서서 규제를 완화하면서 개발사업들을 유치했습니다. 그 과정에서 정경유착도 있었고요. 남산에는 재벌기업들의 고급 호텔들이 들어서기 시작했고, 그 주변 땅들은 계속 무분별하게 훼손되었습니다.

1960년대 초반부터 1980년대 후반까지, 30년도 채 안 되는 시간 동안 남산을 차지했던 기관들과 유명한 장소들은 어떻게 되었을까요? 그 과정에서 어떤 것들이 되살아나고 파괴되었을까요?

민심을 통합하는 법

1961년 군사 쿠데타가 일어나 새로운 정권이 들어섰습니다. 이번에도 남산은 어김없이 그 영향을 받게 되었지요. 그럼 그 이전과 비교하여 이 시기에 가장 두드러지고, 변화에 가장 결정적인 영향을 준 점은 무엇이었을까요? 바로 '반공'과 '애국'입니다.

반공을 국시(國是)의 제1의(義)로 삼고 지금까지 형식적이고 구호에만 그친 반공

태세를 재정비 강화할 것을 다짐한다. 진정한 민주주의는 철저한 반공에서만 찾아볼 수 있다.

- 5·16 군사정부의 공약 중, 〈경향신문〉, 1962. 5. 16.

새 정부가 공약으로 이런 말을 내세울 만큼 그 당시 반공정신은 매우 중요했지요. 6·25 때 공산주의를 주창하던 북한을 상대로 동족 간의 전쟁을 벌여야 했고, 또 제2차 세계대전 이후 소련을 비롯한 공산 세력과 냉전을 벌이던 미국의 영향도 있었을 것입니다. 나라를 부강하게 만들고, 국력을 키우는 데엔 경제성장과 사상의 통일, 그리고 그를 가능케 하는 정치력이 필요하다는 논리가 작용한 겁니다.

이승만 동상(1956~1960) - 남산 케이블카(1962), 야외음악당(1963) -
남산도서관(1964), 남산식물원, 팔각정(1968), 백범광장(1969),
케이블카(1969), 안중근의사기념관(1970)

이승만 동상이 사라진 조선신궁 자리에는 남산식물원(1968~2006), 어린이 회관(1970~1975), 야외음악당(1963~1980), 남산도서관(1964) 같은 시설이 생깁니다. 그나마 이 자리에서 잘했다고 볼 수 있는 건 안중근의사기념관(1970)을 세운 거네요. 이 건물은 안중근 의사의 순국 60주년을 기념하여 박정희 대통령의 지시와 더불어 국민성금을 모아 지은 것이라 합니다.

이 근처에 백범 김구 동상(1969), 성재 이시영 동상(1969), 그리고 북측순환로 서쪽 끝 초엽에 시인 조지훈의 시비(1971)까지 15기가 넘는 선현들

남산공원 전경(1969).

1969년 4월 17일 남산 미화계획 발표 후, 식물원 앞 광장에 당시 국내 최대 규모인 높이 30~50m 분수를 1,500만 원의 예산으로 공사하였다. 왼쪽에서부터 남산식물원, 분수, 야외음악당이 보인다.

백범광장과 백범동상.
1969년 6월 11일 서울남산야외음악당 앞에 백범동상이 설치되고, 백범의 생일인
8월 23일에 제막식을 거행하면서 당시 서울 시장인 김현옥이 음악당 앞 광장을 '백
범광장'으로 명명한다고 선포했다.

남산 케이블카와 서울 전경(1969).

남산 팔각정.

의 기념물이 차례차례 세워집니다. 덧붙이자면 조지훈 선생은 우리 동화약품 사가(社歌)의 작사가이기도 해서, 개인적으로 이 시비가 조금 더 각별하게 느껴져요. 고려대 교수 시절 작사 의뢰를 받으셨는데, 처음에는 반기지 않으시다가 민족기업 동화약품의 역사를 듣고 쾌히 응하셨다고 해요. 1절 가사가 "어두운 시절에 횃불을 들고서, 겨레의 체질에 맞는 민중의 약을 찾아 그 보람 조국의 발전에 바쳤네. 이것이 동화의 정신 빛나는 전통이다." 로 시작하는데 우리나라 최초로 제약산업을 일으킨 동화약품의 역사를 잘 이야기해 주고 있어요.

4·19 혁명이 일어나고 우남정이 철폐된 자리에는 시민들에게 휴게의 장소를 제공하고자 팔각정이 다시 세워집니다. 그런데 이 팔각정이 들어서기 전에 남산 꼭대기에 새로 들어온 게 있어요. 바로 남산 케이블카입니다. 1962년 5월 12일 운행을 시작한 한국 최초의 국산관광용 케이블카인데 아래쪽의 회현동 승강장에서 남산 정상에 있는 예장동 승강장까지 약 600m를 왔다 갔다 합니다. 다 올라가면 팔각정이 바로 눈에 들어와요. 예전에는 지방에서 서울구경 오면 무조건 타러 가는 케이블카였는데, 요새는 외국인 관광객들이 서울에 오면 꼭 들르는 관광명소이지요. 저는 이런 때 격세지감을 느낀답니다.

한마디로 이곳은 정자를 세우고 케이블카를 따로 설치할 만큼 서울을 한눈에 내려다볼 수 있는 전망 좋은 장소입니다. 그런데 사실은 마냥 경치 구경만 하기에는 아까운 곳이에요. 나는 이곳 역시 이용객들한테 남산에 얽힌 역사 이야기를 들려주기 좋은 장소라고 생각하거든요. 팔각정 언저리에서는 2006년부터는 진정한 한류와 대한민국의 문화를 알리기 위해 매년 국제문화축제가 열리고 있는데, 새로운 것과 전통문화를 알리는 것은 좋은 시도지만 어두운 역사는 묻어 두려는 것 같아 씁쓸합니다.

반공청년운동 순국열사기념비(1968)

숭의여대 서쪽 뒷산에 부엉바위가 있어요. 바위가 부엉이같이 생겼다고 해서 부엉바위라 칭하게 된 것이고요. 이 바위 밑에서 나오는 약수가 물맛이 좋고 위장병에 특효가 있다고 하네요. 여길 가 보면 무당들이 굿을 한 흔적들이 좀 있어요. 부엉바위에서 북측순환로를 따라가다 내려다보면 조지훈 시비에 못 미쳐서 반공청년운동 순국열사기념비가 보입니다. 나라를 위해 순국한 젊은이들을 기리는 비석인데, 1947년에 조선경비대 제1여단 창설지라는 안내석도 근처에 있습니다. 이 제1여단은 1949년 육군 제1보병사단으로 승격되었대요.

남소영 – 장충단(1900) – 아세아반공연맹자유센터(1964)

1962년, 새 정부는 남산의 공원용지 3만 6천 평(122,000m²)을 해제하고 현대 건축가 김수근의 설계로 반공연맹 자유센터를 2년에 걸쳐 세워요. 그야말로 어마어마한 '국민교육장'이 만들어진 거죠. 김수근은 대학원생 시절에 원래 남산에 세우려던 국회의사당 설계 공모에 1등으로 당선된 전력도 있는 유명한 건축가입니다.

그런데 그거 아세요? 일전에 조선신궁을 세웠을 때처럼, 자유센터를 짓

아세아반공연맹자유센터 개관식 전경(1964).

는 과정에서도 한양 도성이 많이 훼손되었어요. 센터의 건설 과정에서
해체된 도성 일부는 축대의 석재로도 이용되었는데, 실제로 자유센터
의 축대 일부를 보면 원래 도성을 쌓았던 석재들에 새겨졌던 글씨가 곳
곳에서 보여요. 그 시절은 되도록 빠른 시간 내에 가시적인 성과가 필요

했던 때라 물려받은 것을 지키고 보존하는 데는 무심했던 것 같아요. 그 대신 국민을 통합하는 데 가장 효과적인 건 '애국심'이라고 생각한 군사정권은 국민들에게 애국·애족 정신을 끊임없이 강조하면서 통합하려고 노력하죠. 이번에도 그런 노력의 결과는 새로운 건물의 건립과 색다른 명승지 조성으로 나타납니다.

동국대학교(1947) – 장충단공원(1955) – 장충체육관(1963) – 타워호텔(1969) – 장충리틀야구장(1971) – 국립극장(1973) – 서울클럽(1985)

장충단 역시 이 시기를 맞이하여 많은 변화가 일어납니다. 우선 장충단비는 1969년에 지금의 장충동 2가 197번지로 옮겨졌어요. 여기에는 안내표석도 있고 '장충단 기억의 공간 전시실'이라는 상설 전시실이 비록 경로당 지하 1층이기는 해도 만들어져 있어요. 청계천에 있던 수표교 다리도 옮겨져 있고 주변에는 사명대사, 이준 열사의 동상과 한국 유림 독립운동 파리장서(長書)비도 자리 잡고 있답니다.

장충체육관은 1960년 3월에 기공하여 1963년 2월에 완공된 우리나라 최초의 실내체육관이지요. 사실 이 자리에 1955년 5월, 육군체육관이 처음 개관할 때는 지붕이 없는 노천체육관이었습니다. 이 당시 체육인들은 국제경기규격에 맞는 실내체육관이 만들어지길 간절히 원했다고 해요. 이들의 요구는 당연한 거죠. 이후 1959년에 서울시가 체육관을 인수한 후에 직접 발주해서 구조설계 및 건축설계는 건축가 최종완이 하고, 삼부토건에서 건설합니다. 당시 필리핀의 기술과 자금 지원을 받아 지었다는 이야기도 있는데 낭설이에요. 장충체육관은 대한민국 국민이 직접 설계를 하고 대한민국 기업이 직접 지은 대한민국의 첫 돔 경기장인 점이 의미가 큽니다. 체육 경기장으로 건설되었지만 그 당시 그만한 인원이 들어갈 수 있는 실내공간이 별로 없어서 많은 행사가 치러진 역사의 현장이기도 해요. 이곳은 2015년에 리모델링이 완료됩니다.

그리고 이 부근에 학교와 야구장, 그리고 건물이 차례차례 들어옵니다. 타워호텔은 1962년 자유센터의 부속 숙박시설로 건축되었는데 6·25 전쟁에 참전한 유엔 16개국과 한국 등 17개국을 상징하여 17층으로 지어졌다고 해요. 1969년 타워호텔로 개관했고, 2010년 2년간의 리모델링을 거쳐 반얀트리 클럽 앤 스파 서울로 바뀝니다.

서울시의 유일한 유소년 전문 야구장인 장충리틀야구장은 1971년 설립된 이래로 같은 자리를 쭉 지켜온 것이고 동국대학교와 국립극장, 서울클럽은 다른 곳에서 남산 쪽으로 이전한 거예요. 동국대학교는 1906년 명진학교에서 시작되었는데 1947년에 기존 소재지였던 명륜동에서 지금의 필동 쪽으로 오면서 대학의 모습을 갖추며 발전하였습니다.

국립극장은 광복 후 1950년에 일제 시대의 부민관(府民館), 즉 현재 서울시의회 의사당 건물을 이용했어요. 6·25 전쟁 후인 1957년부터는 명동의 시공관(市公館) 건물을 사용했고요. 그러다 1973년 10월 17일 장충동에 신축 개관을 하면서 오늘날까지 그 자리를 지키고 있습니다. 그렇게 생각하면 역사가 꽤 길긴 해요. 국립극장 맞은편에 있는 건물은 원래 외국인 전용 관광업소로 1980년에 지어졌는데 1981년부터 아시아사파리클럽이 사용하다가 1985년에 서울클럽이 옮겨 왔다고 합니다.

국립극장 일대는 내가 자주 다니는 산책 코스이지만 역사적인 흔적은 별로 남아 있지 않아서 어쩐지 아쉬운 공간입니다.

현재 국립극장 전경.

영빈관(1967) - 신라호텔(1979)

해방이 된 후 한국 정부는 박문사 터에 외국 귀빈을 위한 영빈관을 지
어서(1967) 직접 운영했습니다. 그러다가 민간에 불하하는 과정에서 삼성
에서 사게 됐고, 박정희 대통령이 삼성 이병철 회장에게 호텔 하나 제대
로 지어보라고 해서 신라호텔을 짓게 되었답니다. 그 인연 때문인지 몰
라도 원래 신라호텔 영빈관 좌측 암벽에 '민족중흥(民族中興)'이라는 박정
희 대통령의 친필 휘호가 새겨져 있어요. 그런데 얼마 전에 가 보니 휘

신라호텔 입구 전경.
입구에 '영빈관' 현판이 걸려 있었는데, 실제 영빈관은 호텔 안쪽에 있다.

호 아래 박정희 이름이 없어졌더라고요. 누가 지웠나 봐요.

KBS 라디오 방송국(1957) – 국토통일원(1976) – 국가안전기획부(1986)

6·25 전쟁 통에 불타 버린 국립과학박물관 자리에 1957년 KBS 라디오 방송국(1957~1976)이 들어옵니다. 그 부지가 넓으니 한쪽에는 드라마센터(1962~1976)도 생기고, KBS 방송국이 여의도로 이사간 뒤에는 그 자리를 국토통일원(1976~1986)과 국가안전기획부(1986)가 사용합니다. 한편 라디오 방송국 맞은편에 있던 KBS 방송국 사옥은 지금은 리빙TV에서 쓰고 있어요.

참 웃기는 건, 1965년에 한일 국교가 정상화되면서 일본 정부가 일본 대사관 자리로 총독부 자리였던 여기를 달라고 했던 모양이에요. 박정희 대통령이 무슨 소리냐고 해서 그 자리는 안 줬다고 합니다. 그들의 입장에서는 연고가 있다고 생각할 수 있지만, 우리 정부로서는 용납할 수 없었던 거지요.

중앙정보부, 수도경비사령부(1961)

그 밖에도 통감관저 지역은 중앙정보부(1961), 조선헌병대사령부는 수도경비사령부(1961), 수도방위사령부(1984)가 쓰게 됩니다. 조선 시대에 남별영이 있던 자리에 조선헌병대 사령부가 들어왔고 그 자리를 다시 수도방위를 목적으로 하는 부대가 주둔했다는 것에 뭐라 할 말이 없네요.

어린이회관(1970) – 서울특별시 과학교육원(1989) –
서울특별시 교육청 교육연구정보원(1999)

어린이회관은 육영수 여사가 설립한 육영재단에서 1970년에 '어린이들을 근대화의 역군으로 키운다'는 일념으로 무려 지하 1층, 지상 18층이나 되는 그 당시 동양 최대의 규모로 지은 건물이에요. 이 회관은 건물 내부에 어린이 체육관과 수영장, 그리고 도서관 등이 있었습니다. 저도 어릴 때 가 본 적이 있는데, 꼭대기 층에는 돔 형태의 천체 투영관이 있어 관객들이 의자에 누워 천체 영상을 감상할 수 있었어요. 이 건물은 서울특별시 과학교육원(1989)으로 쓰이다가 1999년부터는 서울특별시 교육청 교육연구정보원으로 사용하고 있어요.

서울한양컨트리클럽(1970)

남산의 어린이회관은 건립한 지 얼마 안 된 1974년 10월에 군자동의 어린이대공원(1973) 옆에 새로 지은 건물로 옮겨집니다. 그런데 이 어린이대공원 자리는 원래 서울컨트리클럽(1954) 골프장 자리였어요. 연혁을 조금 더 거슬러 올라가면 일제 강점기 당시 군자리 골프코스(1929)이지요.

우리나라 최초의 골프장은 1919년 조선철도국이 조선호텔 유객 목적으로 서울(당시 경성) 효창원에 골프코스 9홀을 착공하면서 시작됩니다. 1921년 효창원 코스가 개장되었는데, 이때는 7홀만 있었다네요. 이후 효창원이 1924년 공원으로 편입되면서 청량리로 이전해서 16홀 규모로 개장했고, 경성(京城)골프클럽, 통칭 GC가 조직되었어요. 그래서 골프클럽도 원래는 이름이 경성컨트리클럽 효창원 코스, 경성컨트리클럽 청량리 코스, 경성컨트리클럽 군자리 코스입니다. 앞의 두 곳이 너무 좁았던 데 비해 처음으로 골프 코스 18홀을 제대로 만든 게 바로 군자리 코스예요. 영친왕의 하사금으로 착공했다는데, 그래서인지 영친왕도 군자리 골프장에서 골프를 쳤다고 하죠. 사실 경성골프클럽이 있던 곳들은 모두 다 왕실 묘역이었어요.

서울컨트리클럽이 지금의 고양시 원당에 위치했던 한양컨트리클럽을 인수하고 그 옆으로 이전하면서 '서울한양컨트리클럽'이 만들어졌어요. 그리고 비슷한 시기에 태릉 골프장이 건설되었어요. 박정희 대통령이 현역 및 예비역 장교들을 위한 체력단련과 친목 도모를 목적으로 골프장 건설을 지시했다고 합니다. 현재 한국에 남아 있는 골프장 중에서는 세 번째로 오래되었는데, 첫 번째는 한양컨트리클럽, 두 번째는 부산 CC라고 해요.

남산에 부는 개발의 바람

군사정권이 들어서면서 가장 큰 변화는 경제 성장입니다. 이때부터 서울은 체계적인 도시계획 아래 몸집이 마구 불어나기 시작해요. 교통량이 늘다 보니 일제 강점기 때 만들어진 도로에 이어 많은 도로들이 확장되어야 했고, 한강다리도 많아지면서 이를 연결하는 고가도로와 터널이 남산을 관통하기 시작합니다. 조선 시대 때만 해도 도성의 남쪽 경계선이었던 남산은 서울이 팽창하고 강남이 개발되면서 강북과 강남 사이에

우뚝 서서 버티는 걸림돌 같은 형세가 되어버렸어요.

1호부터 3호까지, 남산 터널

최근에 토목 공법이 발달하면서 강원도 백두대간도 터널이 관통하죠?
백두대간은 우리나라의 중요한 산맥인데 고속도로나 KTX 때문에 구멍
이 뻥뻥 뚫려 버렸어요.

남산도 터널이 세 곳이나 뚫려 있지요. 1호 터널, 2호 터널, 3호 터널,
이렇게. 그런데 여기서 주목할 건 1호 터널과 2호 터널이 단순한 개발용
도로만 만들어진 게 아니라는 겁니다. 이는 전시 대피라는, 다시 말해
군사적 목적으로도 만들어졌어요. 이 이유를 알기 위해선 시간을 거슬
러 올라가 봐야 합니다.

1968년, 청와대 습격을 목표로 서울 시내에 31명의 무장간첩이 침입한
'1·21 사태'가 발생합니다. 이 사태로 경찰관 2명이 순직하고, 다수가
부상당했을 뿐 아니라 민간인 사상자도 여럿 나왔지요. 그때 분위기가
얼마나 살벌했는지 짐작이나 하실 수 있겠어요? 정부는 이 상황을 심각
하게 생각했고, 서울을 '요새화'하자는 결론을 내립니다. 1호 터널과 2
일 터널은 십자가 형태로 아래위로 서로 교차되어 지나가는데, 이는 평
상시에는 터널로 이용하다가 유사시에는 방공호로 쓸 수 있게 계획한 거
예요. 그 밖에도 서울 도심에 지하상가를 많이 만들어 유사시에 방공
호로 쓰게 하고 잠수교나 여의도 광장은 활주로로 사용될 여지를 두는
등, 지금은 상상하기도 어려운 요새화 사업이 다방면으로 펼쳐집니다.

이렇게 남산 1호 터널(1969년 착공, 1970년 개통)은 용산구 한남동에서 중구

남산터널 공사 현장(1970).

용산동 남산 3호터널 공사(1977).

예장동을 잇는 왕복 2차로의 터널로 만들었다가 나중에 터널을 하나 더 뚫어서 1995년부터 현재와 같은 쌍굴형 터널이 되었고, 남산 2호 터널(1969년 착공, 1970년 개통)은 용산구 용산동과 중구 장충동을 잇는 길이 1,620m, 폭 9.6m의 왕복 2차로 터널로, 남산 3호 터널(1976년 착공, 1978년 개통)은 용산구 용산동에서 중구 회현동을 잇는 길이 1,270m의 왕복 4차로의 쌍굴형 터널로 만들어집니다.

N서울타워(1975)

세계 주요 도시에도 유명한 타워들이 있어요. 호주 시드니에는 시드니 타워, 미국 시애틀의 스페이스 니들, 프랑스 파리의 에펠탑, 일본 도쿄 타워 등. 그런데 N서울타워처럼 산 위에 자리 잡은 타워는 없는 것 같아요. 아마도 우리나라에 산이 많기도 하고, 산에 둘러싸여 있는 서울을 관망할 수 있는 곳으로 남산이 선택된 것일 수 있겠지요. 아직까지도 서울의 대표적인 랜드마크로 꼽히는 N서울타워, 통칭 남산타워는 1975년에 다 만들어졌지만, 일반인한테까지 개장하게 된 건 그 뒤로 5년이 지난 1980년이에요. 처음 만들었을 때 '날씨가 좋으면 개성의 송악산까지 보인다'는 말이 신문기사 제목이 될 정도로 사람들의 관심을 끌었습니다.

그런데 남산타워는 그 당시 서울요새화의 기능을 잇는 건축물이었어요. 236.7m 높이의 철탑을 세운 주요한 목적은 당시 KBS, MBC, TBC 3개 TV 방송국의 송신탑으로서의 기능이었지만 한편으로는 북한에서 오는 전파와 선전방송 송신을 차단하는 기능도 있었답니다. 이 탑이 완성되기 전에는 서울에서도 북한의 선전용 TV 방송을 시청하거나 라디오 방송을 청취할 수 있는 곳이 있었다고 해요.

N서울타워까지 가려면 열심히 걸어가는 방법도 있지만, 남산의 명물인 케이블카를 타고 올라갈 수도 있지요. 가는 길목마다 아름다운 경치가 곳곳에 자리하고 있는데, 서울시도 시민에게 더 가까이 다가가기 위한 노력을 하고 있어요. 이를테면 2011년 5월부터 대기오염 정도를 서울 시민에게 쉽고 간단하게 알리는 방법으로 해가 진 다음 서울타워의 조명을 이용하고 있답니다. 미세먼지 수치가 좋을 땐 파란 빛, 보통이면 초록빛, 나쁘면 노란 빛, 매우 나쁘면 빨간 빛 등으로 표시하는 거죠. 남산 터널이나 그 근처를 지나면서, 아니면 더 먼 곳에서도 저녁 때 N서울타워를 바라보면 오늘 서울의 공기가 어땠는지 알 수 있어요.

힐탑아파트(1967~ 현재), 외인아파트(1972~1994), 남산맨션(1972)

경제개발 5개년 계획 당시 선진기술들을 전수받기 위해 정부와 기업들은 많은 외국인을 초청했죠. 힐탑아파트는 1967~68년에 주택공사가 한남동에 지은 것으로 한국에서 살게 된 외국 외교관을 비롯하여 외국 상사 주재원, 외국 군인 등을 위한 보금자리였습니다. 한국 최초의 외국인 전용 아파트인 셈이죠. 나중에 서울에 외국인들이 선호할 만한 임대가옥이 늘어날 때까지는 외국인들의 중심 거주지였어요. 한남동 유엔빌리지 길을 따라 올라가서 언덕 위에 자리 잡은 힐탑아파트는 2003년 군인공제회가 매입해 리모델링을 해서 '힐탑트레저'로 바뀝니다. 이제는 내국인들도 살 수 있게 되었다는데 2013년에는 서울 미래문화유산으로

밤의 N서울타워와 팔각정.
타워는 대기질과 미세먼지 수치에 따라 노랗거나(나쁨) 파란 빛(좋음)을 띤다.

선정되었어요.

이 밖에도 외국인 전용 아파트는 또 있었습니다. 힐탑아파트만으로는 외국인 수요를 감당하기 어려워진 정부의 주도로 현재 남산야외식물원 남측에 1972년 당시로서는 가장 높은 16층, 17층의 고급 아파트인 외인 아파트 몇 동이 남산 비탈에 세워지게 됩니다. 외인은 바깥 외(外)에 사람 인(人)을 쓰는데, 다시 말해서 외국 사람이 사는 아파트라는 뜻이에요. 덧붙이자면 여기 1층 상가에 '희래등'이라는 유명한 중국음식점이 있었어요. 결국 이 아파트는 남산을 가로막는다는 이유로 1994년에 철거됩니다.

그런데 지금도 남산공원 안에 존재하는 아파트가 하나 있습니다. 바로 남산 맨션인데요. 이 아파트는 처음에는 관광호텔로 건축허가를 받았다고 합니다. 그러나 건설 도중에 아파트로 분양하고 관광호텔로 준공 승인을 받는, 비상한 과정을 거쳐 오늘날까지 살아남았습니다. 무단 용도변경이 된 정확한 경위에 대해서는 세월이 너무 지나서 알 수가 없다고 합니다.

그랜드하얏트호텔(1978)

남산 중턱에 놓인 그랜드하얏트호텔. 1974년 한·일 합작투자회사인 '서울 미라마 관광회사'가 시공했고 4년 뒤 글로벌 호텔 체인인 하얏트가 위탁경영을 맡아서 '하얏트 리젠시 서울'이란 이름으로 개관했어요. 앞에서 외국인 자본 유치를 위해 남산에 외국인 아파트와 단독주택 등을 몰아서 지었다고 했지요? 남산 중턱에 국내 최고층 아파트인 '남산외인

아파트' 준공식에 참석한 박정희 대통령이 건물 옥상에 설치된 대피용 헬리포트를 시찰하다 눈에 거슬리는 군사 시설이 보이자 "철거하고 호텔을 지으라"고 지시하면서 그 자리에 지금의 하얏트호텔이 지어졌다고 합니다.

조금씩 회복해 나가다

시대별로, 정권별로 진행한 사업들이 있습니다. 그중에는 개발이 있고, 또 훼손된 것을 되돌리기 위한 노력도 있겠죠. 그래서 이번에는 60~80년대 정부가 시도했던 것 중 잘한 것들을 살펴보려고 해요.

서울 시민이 쉴 곳이 창경원과 남산 정도인 시절, 황폐화된 남산을 살리기 위해 1971년 7월 정부는 도시개발을 위한 도시계획법을 개정했어요. 이 당시 도시의 녹지보존을 위한 그린벨트(green belt) 제도를 추진한 것은 세계에서 가장 강력한 녹지보존 정책으로 평가받기도 했지만 국민의 사유재산권을 침해했다는 비판도 받았지요. 현재에도 도시녹지축의 근간을 이루고 있다고 해요.

남산 생태를 회복하려는 움직임은 박정희 대통령 때 '남산을 되살리자'는 슬로건을 앞세우며 남산 입산금지령을 내리면서 시작됩니다. 한국전쟁이 끝난 후에도 한동안 나무가 땔감이었고, 그러다 보니 동네 뒷산뿐 아니라 남산마저도 민둥산이 되어 버렸으니 산을 되살리려면 필요한 조치였지요. 그때 나무를 많이 심었어요. 1968년 산림보호구역으로 지정되고 3년 뒤 도시계획법이 시행되어 일반인의 출입을 통제하면서 자연

생태계가 서서히 살아났어요. 그로부터 10년도 더 지난 1985년이 되어서야 남산 일부를 학생들에게 제한적으로 자연학습장으로 개방했어요. 잘한 건 잘한 거지요. 잘한 건 인정해 줘야 합니다. 아직 갈 길이 멀긴 하지만요.

*

세계적으로 인구 5백만 이상의 대도시 중에 도심 한가운데에 자연림, 특히 해발 265m나 되는 산이 있는 경우는 찾아보기 어렵대요. 런던의 하이드 파크, 파리의 불로뉴숲, 베를린의 티에르가르텐, 뉴욕의 센트럴 파크 모두 평지에 인공적으로 조성한 공원이라는 거죠. 그러니 우리가 갖고 있는 천혜의 자원, 남산을 되살리는 작업에 시간과 노력을 기울이는 것은 당연한 일입니다.

남산이 자연성을 회복하려면 우선 남산과 한강의 바람길이 연결되도록 도시숲을 확보하고 자생 위주의 교목 수종으로 울창한 숲이 조성될 수 있도록 장기적인 계획을 세워야 한답니다. 대한민국이 선진국의 반열에 들어선 지금, 취할 수 있는 적절한 조치인 거죠.

푸른 숲을 만들고, 대기오염물질을 줄여서 시민들이 건강을 위해 즐겁게 마음 놓고 걸을 수 있는 숲을 조성하는 것은 다시 말해 남산이 서울 도심의 중요한 생태거점이 된다는 뜻이지요. 나는 그런 날이 오기를 진심으로 바라고 있어요.

* 그린벨트 *

개발제한 구역을 의미하는 그린벨트는 도시주변의 녹지공간을 보존하고 개발을 제한, 자연환경을 보존하자는 취지의 제도입니다. 한국에서는 과밀도의 방지, 도시주변의 자연환경 보존, 도시민을 위한 레크레이션 용지 확보, 도시 대기오염 예방, 상수원 보존 등을 위하여 1971년 7월 서울 지역에서 시작하여 전국으로 확대되었어요.

6

오늘날의
남산

1990년대부터 남산은 권력과 이념을 벗고, 급격한 도시개발로 훼손된 자연경관과 역사적 위상을 회복하고자 했어요. 남산을 잠식하고 훼손했던 시설들이 철거, 이전되었고 재정비사업들이 추진되었죠. 하지만 이 과정에서 과연 남산은 제 모습을 찾아가고 있는지, 부끄러운 역사라 하여 또 덮고 지우려고 했던 것은 아닌지, 그리고 남산이 품고 있는 역사적 건물이나 공간 등에 대한 복원이 충분히 고려될 순 없었는지 의문도 생기고 아쉬움 또한 많이 남습니다. 이번에는 점차 시민들 곁으로 돌아가기 시작한 남산의 변화 과정과 앞으로 개선했으면 하는 점들에 대해서 이야기해 볼게요.

'남산 제 모습 가꾸기' 사업

1990년대, 노태우 대통령의 임기 초에 드디어 남산의 회복을 위한 노력이 시작됩니다. 일제 시대, 한국전쟁, 1960~80년대의 과도한 개발로 인해 제 모습을 잃었던 남산의 제 모습을 복원하고 자연생태 기능을 강화하고 접근성을 개선하기 위한 종합적인 노력은 1990년에 처음 발의된 '남산 제 모습 찾기' 사업을 통해 시작되었죠. 이 사업의 이름은 얼마 지나지 않아 '남산 제 모습 가꾸기'로 바뀌었는데 정부, 전문가, 시민들로 구성된 '100인의 시민위원회'에서 추진했어요.

이 사업 중에 생태공원을 조성한다는 계획이 있었어요. 잠식시설인 정부기관 21동, 외인주택 52동 등을 철거하여 가시적인 자연경관과 녹지복원 효과를 거두었고, 공원시설들이 보완, 정비되어 시민공원으로서 질적으로 향상되었어요. 외인아파트를 철거한 자리에 많은 시민이 즐겨 찾는 생태녹지공간을 조성한 일은 가장 모범적인 사례로 볼 수 있답니다.

남산 외인아파트 폭파(1994) - 남산야외식물원(1997)

제2차경제개발 5개년계획 당시 외국인을 수용할 거주지 마련을 위해 지어졌던 외인아파트. 남산을 병풍처럼 가렸던 이 고급맨션은 1994년 철거되었고, 그 주변에는 약 2년간의 공사에 걸쳐 만들어진 남산야외식물원이 1997년 조성되었어요. 이곳은 현재는 폐쇄된, 과거 회현동 남산공원 안에 있었던 온실로 만든 남산식물원과는 다른 곳입니다. 수생식물원인 연못과 팔도소나무 단지, 야생화원 등으로 구분할 수 있는 야외식물원 중간에는 아이들이 뛰어 놀 수 있는 유아 숲 체험원이 있습니다.

남산식물원·남산 소동물원 개원(1968~1971)과 폐쇄(2006)

남산식물원은 1968년 1호관 개관을 시작으로 1971년에 2~4호관이 증축, 개관되었습니다. 대지면적 3,220㎡에 건축면적은 2,730㎡에 달하는 크기였죠. 그리고 남산소동물원은 아이들에게 친숙한 동물 위주로 남산공원 안에 소규모로 운영되던 동물원이었습니다. 대지 면적 1,320m², 사육장 면적 370m²의 크기로 1971년에 개관했어요.

남산식물원에서
관광하는
시민들의 모습(1983).

이 두 곳은 그 당시 시민의 휴게소로 이용될 뿐 아니라 학생들의 자연학습에 기여했습니다. 게다가 주변에는 안중근의사기념관, 남산시립도서관 등의 문화시설과 서울타워·케이블카 등 위락시설이 밀집되어 있었지요. 다시 말해 시민의 정서 함양과 역사·문화·교육·위락공간으로서 중요한 장소였던 거예요.

이 남산식물원과 남산소동물원은 1990년대 초 한양성곽 자리에 위치해 남산의 산세와 경관을 해치는 '부적격 잠식시설'로 분류, 철거가 결정되었습니다. 그러나 시설을 더 사용할 수 있다는 여론에 따라 바로 닫지 않았어요. 하지만 점차 시설의 노후가 심해지고 관람객이 줄어들자 마침내 2006년, 남산식물원과 남산소동물원, 그리고 분수대는 함께 폐쇄되었습니다. 이곳에 있던 식물과 동물은 대부분 서울대공원, 인천대공원, 진주동물원 등으로 옮겨졌다고 해요.

하지만 이것과는 별개로 남산 개발은 다시 시작되었습니다. 아무래도 서울 한가운데를 차지하고 있는 산이라서 다들 가만두질 않나 봐요.

남산 르네상스 종합계획(2009)

2009년 서울시에서 '남산 르네상스 종합계획'을 바탕으로 남산의 생태계와 역사성을 회복하고 접근성을 개선하는 데 초점을 맞춘 사업을 진행했어요. 오세훈 서울시장은 이와 관련하여 "남산 르네상스는 남산의 가치를 재발견하고 재창조하는 것"이라 주장했죠. 이 계획에 따라 서울시는 유신 시대의 잔재인 옛 중앙정보부 건물을 철거하기로 합니다. 이때 제1별관과 제3본관(6국, 전 서울시 균형발전본부), 제2본관(전 tbs교통방송국)

등이 헐리죠. 그 와중에 남은 몇 개의 건물들은 전혀 다른 공간으로 이용되고 있어서 과거의 흔적을 찾아보기 어려워요. 또한 도심 속 생태공원을 조성하고자 북측순환로~한옥마을 1.3km 구간과 북측순환로~장충단공원 2km 구간, 그리고 남산 둘레길 중 남측 숲길의 남산야외식물원에도 실개천을 만들었어요. 이렇게 생태가 회복되면서 남산에 놀라운 일이 일어났어요. 남산은 도시 한가운데 있는 '도시섬'이라 길짐승은 별로 늘지 않았지만, 훨훨 날아드는 날짐승은 무척 많아졌답니다. 지금은 조류학자들이 놀랄 만큼 희귀한 새들까지 많이 관찰된다고 해요. 이참에 아예 '남산조류생태과학관' 같은 것을 만들면 좋을 것 같아요.

남산 도로 변천사

남산의 자연을 회복하는 가운데 기준이 되었던 것은 다름이 아니라 길, 즉 도로입니다. 길은 하루아침에 만들어지지 않습니다. 오랜 시간에 걸쳐 기본 계획을 세운다 해도 만드는 과정에서도, 만들고 난 후에도 시행착오와 중간 점검을 거듭하게 됩니다. 남산의 경우도 마찬가지였고요.

남산공원을 동서남북으로 가로지르고 그 주변을 돌아드는 도로는 총 3가지로 분류할 수 있어요. 소월길, 소파길, 장충단로로 이뤄진 공원 외부 순환도로(outer ring), 북측순환로 3.5km, 남측순환로 3.1km로 이뤄진 공원 내부 순환로(inner ring), 그리고 퇴계로, 한남로, 한강로, 이태원로, 다산로와 같은 외곽간선도로로 나눌 수 있습니다. 여기에서는 남산과 직접 관련이 있는 외부 순환도로와 내부 순환로만 이야기할게요.

남산공원 외부 순환도로

소월길은 남산공원의 서측을 남북으로 연결하는 도로로서 도로변을 따라 한강과 용산공원의 조망이 가능하고, 북쪽에서는 소파로와 연결되고 남쪽에서는 장충단로와 연결됩니다. 소파길은 남산공원의 북서측의 경계를 이루는 도로로서 도심에서 남산공원으로의 진입로 역할을 합니다. 장충단길은 남산공원 동측을 관통하는 도로인데 국립극장, 반얀트리, 자유센터, 신라호텔, 장충체육관 시설을 이용하는 차량진입로이자 도심과 강남을 오가는 차량의 통과도로예요.

남산순환도로·남산관광도로(1962) – 소월길(1984) – 소월로

남대문에서 후암동–이태원–약수동–한남동에 이르는 도로가 개설된 것은 1962~1963년이에요. 일제가 조선신궁을 지으며 닦은 참배로인 서참도를 연장하여 4차선 넓은 자동차 길을 낸 것이죠. 남산순환도로나 남산관광도로라 불린 이 길에 1968년 소월비가 세워지면서 이 길 이름도 1984년에 소월길이라 바뀌게 돼요. 〈진달래꽃〉으로 유명한 시인 김정식의 호인 소월(素月)에서 이름을 딴 거죠. 남산 남쪽 산기슭을 돌아가기 때문에 남산 2호 터널과 3호 터널, 1호터널 위를 전부 지나갑니다.

소파길(1984) – 소파로

소파길도 일제가 조선신궁을 지으며 닦은 참배로인 동참도를 연장하여 만든 길입니다. 1971년 남산 어린이회관(현재 서울교육연구정보원) 앞에 소파 방정환 선생의 동상이 세워졌고, 1984년부터 소파길로 불리게 되었어요. 사회사업가이자 아동문학가인 방정환의 호 소파(小波)에서 이름을 딴 거죠. 2008년 보행환경개선사업을 통해 지금의 길과 같이 정비되었어요. 조선 시대부터 이 길에는 호위청·주자소·교서관 등이 있었고, 일제 강점기에는 통감부·조선총독부·경성신사에 이르는 길이었어요. 광복 후에도 국토통일원·국사편찬위원회·KBS 방송국 등이 있어 사람의 왕래가 많았던 길이랍니다.

장충로(1966) – 장충단길(1984) – 장충단로(2010)

남산 동쪽 기슭에는 용산구 한남동과 중구 신당동을 잇는 장충단로가 있어요. 이 길도 일제 강점기에 장충단을 가로질러 만들어진 길을 해방 후 재정비, 확장한 것이지요. 남산 국립극장에서 장충단로를 따라 한남동으로 넘어가는 고개 마루에 남소문(南小門) 터 표지석이 있는데 사실 남소문 터 부근 성벽도 일제 때 장충단-한강을 잇는 도로(1913)를 부설하면서 훼손되었답니다. 1936년에 발행된 〈대경성정도〉에 보면 장충단에서 한남동으로 이어지는 도로는 성곽을 허물어 만들었다는 기록이 나와요.

남산공원 내부 순환로

남산공원 내에 있는 길은 크게 두 갈래예요. 장충동 국립극장에서 산의 북쪽 기슭을 따라 남산케이블카 회현동 승강장으로 이어지는 북측순환로와 국립극장에서 남산 꼭대기의 N서울타워를 거쳐 남산도서관으로 내려오는 남측순환로가 있습니다. 앞서 이야기한 대로 이 남측순환로는 일제 때 이미 만들어진 것이고, 이 시기에 만들어졌던 길 일부를 기반으로 확장, 정비한 것으로 추정됩니다.

남산로(1962) – 남산공원길(1972) – 남산관광도로(1978) – 남산공원길(1984) – 북측순환로(2007), 남측순환로(2009)

남산식물원 입구에서 시작해 국립극장을 거쳐 남산도서관에 이르는 6.6km를 1962년 과 63년, 68년 3차례에 걸쳐 1차 공사를 했고, 1976년부터 1978년에 걸쳐 2차 공사를 마무리했죠. 중앙정보부(1981년에 국가안전기획부로, 다시 1999년에 국가정보원으로 변경)가 1961년에 남산에 들어왔으니, 도로 정비 후 일반인의 북측순환로 통행을 한동안 통제했던 것으로 보입니다. 현재 북측순환로는 2007년에, 남측순환로는 2009년에 공사가 마무리되었어요.

국립극장 쪽에서 북측순환로로 조금 들어가면 초입에 삼거리가 있어요. 거기 왼편에 팔각정으로 올라가는 계단이 있어요. 30분 정도로 줄일 수 있는 지름길이죠. 예전에 만든 계단으로 보여요.

북측순환로는 제가 학생일 때 아버지 차를 타고 드라이브한 적이 있어요. 아

국립극장 해오름극장 옆에 있는 남산순환로.
이 위로 올라가면 북측·남측으로 갈린다.

* 북측순환로와 남측순환로의 자연보호 *

북측순환로와 남측순환로에 심은 나무는 수종도 다르고 수령도 다르더라고요. 북측순환로는 수령도 어리고 수종도 벚나무, 단풍나무 등 몇 개가 정해져 있어요. 이건 해방 후에 한 것이 확실한데, 남측순환로는 조선신궁을 만들면서 남산의 소나무를 제거한 다음 심은 벚나무들이라 수령이 오래되었고 숲길로 내려오면 일본인들이 좋아하는 메타세콰이어 같은 수종의 고목이 굉장히 많은 걸 볼 수 있어요.

이 남측순환로는 2005년 5월 1일부터 보행인의 쾌적한 환경을 보장하고 남산을 자동차의 배출가스로부터 보호하기 위해 천연가스를 연료로 쓰는 노선버스와 관광버스, 외국인을 태운 택시를 제외한 모든 차량의 출입을 통제했어요. 외국 여권 소지자와 장애인은 택시를 타고 올라갈 수 있지만, 내국인이 탄 일반 택시는 못 올라가고 셔틀버스나 관광버스만 올라갈 수 있었던 거죠. 그런데 관광버스가 보통 디젤 버스잖아요? 공해가 문제가 되니 2021년 6월 9일 남산예장공원을 개장하면서 녹지공원 하부에 '친환경 버스 환승센터'를 만들었어요. 경유 차량은 남산공원 진입을 제한하고, 남산 일대를 전기버스인 친환경 녹색순환버스로 운행하게 된 거지요. 이건 잘한 일이죠. 남산에 차가 안 올라갔으면 좋겠다고 예전부터 생각했거든요.

여기에 더해서, 제 생각엔 케이블카보다 더 많은 사람이 이용할 수 있는 다른 수단이 있었으면 좋겠어요. 스위스의 트램, 모노레일 같은. 그래서 모든 차가 아예 올라가지 못하게 하면 어떨까 싶어요. 차 없는 남산! 생각만 해도 근사하지 않아요? 신성함을 중시한 탓에 폐쇄적이었을 수밖에 없었고, 앞서 나가기 위해서 개발을 하다 보니 상처투성이가 되었던 남산. 그런 남산이 본연의 아름다움을 찾고, 보다 더 많은 사람들이 올 수 있도록 우리가 노력해야 한다는 거예요.

버지가 새로 길이 나면 나를 데리고 드라이브하셨거든요. 처음엔 찻길이었던 거죠. 아마 남산 1호 터널이 생기기 전에는 교통의 흐름을 위해 여기에도 차가 다녔던 것 같아요. 1970년대에 남산의 도로정비사업들이 진행되어 터널이 생겼고 1991년 6월에는 차량 통행이 전면 폐쇄되어 북측순환로에 차가 없어지자 산책과 조깅의 명소로 떠올랐지요.

남산 둘레길(2015)

그동안 남산은 보행전용로인 북측순환로와 차량·보행 겸용 남측순환로를 이용하여 보행이 가능했습니다. 하지만 경사가 완만한 남산 남쪽은 무분별한 샛길 이용으로 산림 훼손이 심각했어요. 그걸 막으려고 둘레길을 만들고 다른 길은 통제하게 됩니다. 즉 남측순환로 아래로 숲길을 조성함으로써 북측순환로와 이어지는 제대로 된 남산 둘레길이 생긴 거죠.

이런 노력을 통해 겨우 오늘날 남산 생태공원의 모습을 갖추게 됩니다. 그러나 아쉬운 일도 여전히 있어요. 이를테면 시민의식의 부재 같은 거요.

172쪽을 보면 제가 찍은 사진이 있어요. 도롱뇽 알, 진달래, 제비꽃. 예쁘죠? 내가 그 길을 자주 걷는데, 어느 날 도롱뇽 알을 본 걸 시작으로 이것저것 사진을 찍은 거예요. 특히 이 제비꽃은 '남산제비꽃'이라고 한대요. 보통 제비꽃이 보라색인데 이건 흰색이에요. 남산에서 처음 발견되어 붙여진 이름이라는데, 사실 전국에 자생한다고 합니다. 아무튼 처음에는 이 제비꽃 옆에 소개팻말을 붙여 놓았는데, 그랬더니 아니 글쎄

남즉순환로.

■ 남산 자연생태길에 있는
도롱뇽 알과 올챙이들.
도롱뇽 알은 3월 말에서 4월 초에 볼 수 있다

■ 남산야외식물원 입구를 지나 보이는 진달래

■ 남산제비꽃.
'남산오랑캐'라고도 불리며,
3월 하순에서 5월 사이에 핀다.

사람들이 뽑아가더라고요, 진짜로! 그럼 어떡해요? 이래서야 생태회복을 한 의미가 없잖아요. 오죽하면 꽃이랑 나무, 도롱뇽이랑 개구리가 있는 수로에 '채취금지'라는 말까지 써 붙인 팻말들을 세워 놓았겠어요. 시간이 걸린다는 걸 알지만, 이런 건 좀 하지 않도록 모두가 노력했으면 좋겠어요.

또다시 사라지는 역사적 발자취와 아쉬움

이처럼 남산을 풍광이 아름다웠던 원래 모습으로 되돌리느라 많은 시간과 노력을 기울여 일부는 성공을 거뒀고, 효과도 있었지요. 좋다고 생각해요. 하지만 글로벌 시대에 발맞춰 나가느라 그런 걸까요? 발전을 하다 못해 내 기준에서는 정체, 심하게는 퇴행처럼 보이는 계획도 세웁니다.

나도 잘 알고 있어요. 동화약품의 신제품 하나가 출시되기까지 숱한 시행착오가 필요한 것처럼, 도시가 발전하기 위해서도 많은 시도와 성공, 그리고 실패가 필요하다는 걸요. 서울 역시 그렇게 발전해 온 거겠지요. 그런 가운데 여전히 안타까움과 아쉬움을 느끼게 하는 부분들이 적잖이 있는 거고요. 특히 역사적인 장소는 남아 있는 것을 의미만이라도 잘 살려서 보존해도 괜찮을 것 같은데, 주로 가볍게 놀기 좋은 곳 위주로 꾸미려는 게 마음에 걸려요.

조선총독부(1926) - 미군정청(1945) - 중앙청(1948) - 국립중앙박물관 철거(1995)

경복궁의 조선총독부 청사는 해방된 후에는 정부청사(중앙청)으로 쓰였습니다. 한때는 앞뜰에 야외음악당이 있어서 시민을 위한 무료 음악공연도 하곤 했습니다. 그러다가 건물을 수리해서 1986년부터 국립중앙박물관으로 사용되었고, 이후 김영삼 대통령의 문민정부가 '역사 바로세우기'의 일환으로 철거를 결정합니다.

이 계획이 발표되었을 때 모두가 찬성한 건 아닙니다. 대표적으로 당시 민주자유당 대표최고위원이었던 김종필은 이를 반대했어요. 국립중앙박물관 건물의 중앙홀은 48년 출범한 제헌국회 의사당으로 쓰인 역사적 장소이니 부수지 말고 독립기념관으로 이전하는 것은 어떠냐고요. 아울러 국립중앙박물관 앞 국기게양대도 같이 독립기념관으로 옮길 것을 주장했습니다. 그도 그럴 것이 이 게양대는 우리나라가 해방됐을 때 가장 처음 태극기를 올렸을 뿐만 아니라, 6·25 전쟁으로 부산까지 후퇴했던 우리 군이 석 달 만에 서울을 수복하고 태극기를 올렸던 특별한 곳이었거든요. 그러나 끝내 이 의견은 무시되었습니다. 철거는 1995년 8월 15일 광복절 50주년을 기점으로 시작되었고, 결국 그 당시 첨탑 등 철거 부재 일부만 천안 독립기념관에 이상한 조형물처럼 갖다 놨어요.

중앙정보부(1961~1981)/국가안전기획부(1981~1995) - 서울애니메이션센터(1999)

애니메이션, 콘텐츠 등이 유망한 사업인 줄은 압니다. 그러나 하필이면 한국통감부 자리에 애니메이션 센터가 자리 잡는 것은 이해가 가지 않습니다. 물론 이제 그 장소가 통감부 자리였다는 걸 기억하는 사람도 거의 없을 거예요. 기껏해야 KBS 라디오 방송국 자리, 아니면 안기부 자리였다고 기억하겠지요. 그런데 지금 그전에 쓰던 건물이 너무 낡아 새로 짓는다고 2025년 완공 예정으로 공사판이 벌어져 있습니다. 진행이 조금 지지부진한데 자세한 이유는 모르겠어요. 안기부 때 묻힌 것으로 보이는 무슨 유골이 나와서 정지되었다는 이야기도 돌고, 어쨌든 공사 진도가 빨리 나가진 않더라고요. 그나마 전에는 '1921년 의열단 단원 김익상 의사 의거 터', '통감부, 조선총독부 터'라는 표지석이라도 있었는데 대대적으로 확장 공사를 하다가 설마 없애지는 않겠지요?

우리 후손들한테는 이런 역사적인 점은 가르쳐야 된다고 생각합니다. 이야기가 얽힌 장소에 무심한 것도 결국 뭐가 뭔지 몰라서 그러는 거거든요. 경기대 안창모 교수가 일제의 조선총독부와 안기부 터 등은 역사 교훈의 장소로 써야 한다, 그냥 때려 부수면 안 된다, 이곳에 애니메이션센터를 세우는 것은 아니라고 이야기를 했는데, 이런 상황을 보면 참 마음이 무겁습니다. 원래 이런 자리는 식민지역사박물관이 세워지면 좋은 장소가 아닌가요?

사실 한국에는 식민지역사박물관이 하나 있습니다. 민족문제연구소를 주축으로 2018년 8월 29일, 경술국치일 108주년에 맞춰 식민지역사박물관을 열었어요. 이는 시민의 힘으로 55억을 모아 청파동에 5층짜리 건물을 사서 민간에서 추진한 사업인데요. 민족문제연구소, 독립운동학계, 시민단체 등이 중심이 됐고, 독립운동가 후손과 강제동원 피해자 유족도 박물관 건립에 참여해 그 의미를 더했다고 합니다. 미국, 중국, 일본 등 해외에서도 건립 기금 모금에 참여했어요.

재미로 입구.
뒤에 숭의여자대학교 별관이 보인다.

그런데 서울시에서는 애니메이션센터가 있는 이 지역을 애니타운으로
더 확대를 해서 남산 퇴계로 일대가 콘텐츠 산업의 메카가 되도록 하겠
답니다. 건립기금은 625억. 물론 나랏돈으로 하겠지요? 설계공모전도
한답니다. 전에 뭐가 있었는지는 아예 무시하고…. 동네이름도 애니메이
션센터니까 재미있어야죠? 그래서 '재미지구'가 된 거예요. 재미있어서
'재미로', 나는 내 눈을 의심했어요. 너무 기가 막혀서. 미래지향적인 의
도는 알겠는데 계속 마음에 걸리는 건 어쩔 수가 없어요.

조선헌병대사령부(1904) – 수도경비사령부(1961) – 수도방위사령부(1984) – 남산골 한옥마을(1998)

조선헌병대사령부 터는 수도경비사령부(1961), 수도방위사령부(1984)로 사용되다가 1991년 수도방위 사령부가 이전하면서 한옥마을로 바뀌어 1998년 개장하게 됩니다. 당시에 서울에 흩어져 있던 보존가치가 있는 한옥 5채를 이전시키고 그 외의 부대시설을 지은 것인데요. 여기서 지금 무엇을 하느냐 하면 놀이로서의 성격이 강한 문화체험을 해요. 남산국악당을 만들어 국악공연도 하고, 다례나 떡 만들기 같은 전통체험도 하고 타임캡슐도 묻어 놓았어요. 이 한옥마을이 들어선 필동은 본디 조선 시대에도 계곡과 천우각 같은 멋진 건물이 있어 여름철 피서로 이름난 곳이었다고 합니다. 그래서인지 몰라도 여름에는 아예 '남산골 바캉스'라는 계절한정 체험 프로그램이 있어요. 국내외 관광객들이 와서 한복 입고, 수박 먹고, 물에 발 담그고…. 그 밖에도 다양한 체험 프로그램과 요리 대회, 남산골 야시장, 그리고 어린이 축제 등등, 없는 게 없습니다. 그런데 한옥마을의 관리 주체는 서울시인데, 여기에 헌병대사령부가 있었다는 표지석도 없어요.

관광객을 끌어들이기 위해선 접근성이 용이하고 보다 친근한 이미지를 주고 즐겁게 노는 관광 프로그램을 만드는 것 또한 의미 있는 일이지요. 하지만 이제는 우리가 알고는 있어도 그간 많은 사람과 공유하길 꺼렸던 어두운 역사를 차근차근 풀어나갈 능력과 버틸 수 있는 대외적 위치도 갖추지 않았나요. 방법이야 여러 가지 있겠지만, 내국인 말고도 외국인도 보고 갈 수 있는 조선헌병대박물관 같은 걸 만드는 것도 좋을 것 같아요.

남산골 한옥마을.
내부에는 전통정원도 꾸며져 있다.

눈 내린 한국의 집 전경.

남산골 한옥마을에서 5분 남짓 조금 떨어져 있는 한국의 집도 그래요. 대한민국 정부 수립 직후에는 내외 귀빈들을 위한 영빈관으로 활용되기도 했던 이곳에서는 전통결혼식도 하고 한정식이나 전통 다과 등으로 손님 접대도 하는데, 일제 강점기에는 조선총독부 2인자 정무총감의 관저였고, 그보다는 더 예전인 조선 시대에는 집현전 학자이자 사육신 중 하나였던 박팽년의 사저였답니다. 그나마 원래 이곳이 박팽년의 사저였다는 걸 알리는 표지석은 있는데 다른 설명은 없어요. 그게 아쉬워요.

영빈관(1967) – **신라호텔**(1979) – **전통한옥호텔**(2025 예정)

신라호텔에서 한옥호텔을 짓겠다는 소식을 몇 년 전에 듣기는 했어요. 호텔 부지를 살펴보던 중 문화재도 발견되고 해서 공사를 멈췄다는 이야기도 들었고요. 그런데 아니나 다를까, 2019년 10월 면세점 이전 및 증축 공사와 한옥호텔 신축 공사가 서울시 건축심의를 통과하면서 기존의 박문사 계단이자 신라호텔로 올라가는 108계단 철거가 결정되었다고 합니다. 원래 호텔 측은 일제 강점기의 부정적인 유산이지만 계단을 다 철거하지 않고 탐방로로 활용할 계획이었다는데, 여러 번의 심의를 거치는 과정에서 아예 없애는 방향으로 결정되었다고 합니다. 그래도 호텔 측에서는 계단석을 어떤 방식으로든 활용해서 그 흔적을 아예 없애진 않을 거라고 하네요. 공사가 끝나고 나면 호텔 측에서 원래 장충단이 있었던 곳을 알려 줄 안내 표지석이라도 제대로 세워 주기를 기대합니다.

경성호국신사터(1943) - 해방촌 108하늘계단(2018)

경성호국신사로 가던 참배길은 현재 '108하늘계단'이라는 이름으로 남아 있어요. 후암동과 용산2가동 주민이 이용하는 보행 구간으로 이용되고 있는데 2018년에 에스컬레이터를 설치했어요.

목멱사(1395) - 국사당 - 인왕산 국사당(1925)

국사당은 인왕산 경내인 선바위 바로 밑에 자리하고 있어요. 원래 목멱사의 역할은 국가제례에 한정되었던 것인데 점차 민간의 무속신앙의 공간이 되었고 '국사당'이라 불리게 되었지요. 지금은 무당들이 개인 굿을 하는 굿당으로 주로 사용되고, 치성 드리러 오는 사람도 있고 그냥 구경하려는 관광객들이 오기도 합니다.

역사를 기억하는 법

그래도 남산 일대에는 역사적 현장들이 아직 몇 군데 남아 있습니다. 옛날이랑 똑같이 남겨 둔 건 아니지만, 적어도 어떤 곳이었다는 설명은 제대로 하면서 짚고 넘어가는 곳이에요. 그리고 이런 곳들을 보며 조금 더 보충했으면, 혹은 새로이 설치했으면 좋겠다는 생각과 함께 떠올렸던 제안들을 몇 가지 얘기해 볼까 해요.

* 기억되어야 하는 길 *

길 이름을 가지고 이야기를 하다 보니 떠오르는 이야기가 있네요. 서울의 길 중에는 유명했던 선조들의 이름을 따서 붙인 길들이 있습니다. 세종로, 을지로, 충정로, 율곡로, 퇴계로, 충무로 등등, 꽤 많지요. 강남을 개발하면서 만든 도산대로는 도산 안창호의 호를 딴 것인데, 그 지역에는 도산공원도 있어요. 나중에 개발한 동네라 공원도 만든 것이지요. 그런데 세종(세종대왕)로나 충정(민영환)로, 율곡(이이)로, 퇴계(이황)로 같은 경우는 우리가 반드시 기억해야 할 조상들의 시호나 호를 따서 길 이름을 붙인 경우인데 그 장소와 특별한 인과관계는 없어요. 그렇지만 을지로나 충무로의 경우는 다릅니다. 을지로는 중국의 수나라를 상대로 살수대첩을 승리로 이끈 을지문덕 장군의 이름을 따온 것인데 사실 이 동네에 중국인 화교들의 차이나타운이 있었답니다. 즉 중국인들의 기세를 제압하려고 그렇게 이름을 붙인 거예요. 충무로는 일제 강점기에 혼마치(本町)라 불리던 일본인들의 거리였고, 그래서 임진왜란의 영웅 이순신 장군의 시호를 따서 충무로라고 한 것입니다.

이제 충정로의 주인공, 민영환의 이야기를 해 보죠. 민영환은 1905년에 을사늑약이 체결이 된 것에 비분강개해서 자결했어요. 충신이지요. 이분 동상이 내가 어릴 때, 그러니까 초등학교 때쯤인가는 안국동 로터리(회전 교차로) 한가운데 있었어요. 그러다가 70년대에는 창덕궁 돈화문 옆에 있었는데, 한동안 안 보여서 아예 없어진 줄 알았어요. 호기심에 인터넷으로 찾아보았더니 안국동 조계사 옆에 있는 우리나라 최초의 우체국인 우정국, 그 우정국 터 앞도 아니고 저 뒤에 보이지도 않는 데에 있더라고요. 대한제국 말 대표적인 충신한테 이런 푸대접이라니. 너무나도 속상했어요.

그래도 마침내 반가운 소식을 들었어요. 나 말고도 비슷한 생각을 가진 사람들이 있었는지, 민영환 동상을 충정로 사거리 교통섬으로 옮긴다는 소식을 2022년 3월에 들었지 뭐예요. 말 그대로 '충정공'에서 비롯된 충정로로 가는 거니까 정말 잘됐어요. 이번에는 동상 하단에 민영환의 유서 내용을 새긴다고 하니 의미도 깊고요. 동상 이전이 끝나면 꼭 찾아가 보려고 해요.

이런 민영환의 경우처럼, 기왕에 이름을 따서 길 이름을 지었으면 길에 맞춰 동상이 하나씩 자리 잡고 있으면 좋겠어요.

조선신궁(1925) – 단군굴(1957) – 한양도성유적전시관(2021)

조선신궁 터 오른편 뒤쪽으로 소월 시비가 있는 쪽에서 올라오는 계단이 있는데, 그쪽으로 내려가다 보면 우측에 지하 단군전, 이른바 '단군굴' 입구가 있어요. 자연동굴로서 일제 때는 이곳을 조선신궁과 관련된 공간으로 썼다고도 하고 혹은 방공호로 쓰였다는 말도 있습니다. 해방된 후 한 대종교 신자가 단군을 모시는 단군굴로 쓰기 시작하면서 많은 사람이 치성을 드리러 왔었는데, 이곳은 결국 2006년 남산공원관리사업소에 의해 국유지 무단점거를 이유로 철폐돼요.

얼마 전 남산 팔각정으로 가는 계단을 올라가다가 조선신궁 가장 상단 공간의 구조물로 추정되는 콘크리트 구조물을 발견했어요. 조선신궁 평면도를 보면 맨 상단의 공간이 이중벽인데, 우연인지 몰라도 제가 안쪽의 'ㄷ'자 벽을 발견한 것 같았어요. 이런 걸 발견한 이상 그냥 지나칠 수는 없어서 문화일보에 제보를 했어요. 기자를 만나 직접 현장에서 제가 발견한 콘크리트 구조물들을 보여 줬죠. 다행히 그 기자의 취재를 통해 기사가 나왔습니다.

평소 남산을 자주 오른다는 시민 B씨는 "이 구조물 외에도 남산에 방공호를 비롯해 일제 흔적이 산재해 있다"며 "전체적으로 조사해 역사교육현장으로 삼았으면 좋겠다"고 말했다.

– 〈문화일보〉, 2021. 10. 1.

한양도성유적전시관의 전경과 내부.

위안부 기림비 동상.

조선신궁은 우리 민족의 다크 헤리티지이지만 방치해서는 안 되며, 제
대로 실체를 규명하여 보존 여부에 대한 논의를 해야 한다고요. 기사
내용에 언급된 시민 B가 바로 접니다. 내 생각에 한양 도성을 발굴할 때
분명 이걸 봤을 텐데, 발굴하다가 발견된 조선신궁 터에는 관심이 전혀
없으니 그 위에다 한양 도성을 연결해 버린 것 같아요. 그래도 조선신궁
의 배전터와 분수대는 같이 볼 수 있게 되어 있어요. 그런데 한양 도성
을 복원해 유네스코 세계문화유산으로 등재하는 것이 잘 안 되자 40억
원 정도 들여 한양도성유적전시관을 만들었어요. 그러나 이런 전시관
을 만드는 것이 적절한 일인가요? 한양 도성은 말 그대로 성곽인데 굳이

지붕을 쓰고 있을 필요가 없는 것 같아요.

사실 내가 하도 궁금해서 유네스코 한국위원회에 문의도 해 봤어요. 남산은 도대체 왜 문화유산으로 등재가 안 되는지. 그런데 유네스코 세계문화유산으로 등재하기 위해서는 여러 가지 조건이 충족되어야 하는데 그중에서도 제일 중요한 조건이 '예전의 모습이 비교적 그대로 보존되고 있는가'라네요.

조선신궁 터 전방 왼쪽에 있는 삼순이 계단을 올라오자마자 바로 그곳에 위안부 기림비 동상을 세워 놓았습니다. 2019년 '기림의 날'에 공식 제막되었는데 그 위치가 참으로 애매해요. 바로 매점 앞에 자리 잡은 거예요.

[제안]

잔혹한 참상이 벌어졌던 역사적 장소나 재난, 재해 현장을 돌아보며 교훈을 얻는 여행을 다크 투어리즘(dark tourism), 소위 '다크 투어'라고 해요. 현재 우리나라의 다크 투어는 DMZ 땅굴이 제일 많이 알려져 있죠.

아픈 역사를 간직한 곳들 중 유네스코 세계유산으로 등재된 것들이 있어요. 이스라엘의 마사다(Masada)는 사해를 굽어보는 바위투성이 구릉에 자리한 천혜의 요새에요. AD 73년 로마군의 공격에 맞서 저항하던 유대인들이 마지막 결전을 벌이다 자결한 곳, 이스라엘의 성지 같은 곳이죠. 또 이미 잘 알려진 나치의 유대인 학살 현장인 폴란드 아우슈비츠 수용소 같은 홀로코스트의 현장들도 유명한 다크 투어 포스트입니다.

양질의 다크 투어가 가능하려면 보러 온 사람들한테 이해를 요구하기보다 만드는 이들의 진중한 시선이 필요하다는 걸 느낍니다. 기림비 동상의 위치만 애매한 게 아닙니다. 바로 근처의 한양도성유적전시관도 어설프기는 마찬가지예요. 조선신궁을 짓느라 훼손된 도성을 발굴해서 지붕만 씌워 놓으면 되는 건가요? 이것만 보아도 아직까지 우리의 다크 투어에 대한 이해가 좀 더 깊어져야 한다는 것을 알 수 있어요. 사실을 모르니까 다크 투어 현장이 왜곡되는 거예요.

한국통감관저 터 - 기억의 터(2016)

제가 몇 년 전에 지금의 기억의 터 근처를 갔다가 파노라마로 찍어 뒀던 사진이 있습니다. 보시다시피 아무것도 없는, 그야말로 허허벌판이었어요. 이곳에 있는 표지석은 경술국치 100년을 맞아서 2010년에 시민단체 민족문제연구소가 세운 것으로, 《감옥으로부터의 사색》의 저자인 신영복 선생이 글씨를 썼어요.

광복 70주년 서울시기념사업추진단은 굴러다니던 하야시 곤스케의 동상 판석의 잔해를 다 모아서 2015년에 동상을 '일부러' 거꾸로 설치합니다. 이 동상을 보면 지대석을 반짝이는 오석(烏石)으로 하여 글자가 비춰지게 했어요. 광복 70주년 서울시기념사업추진단의 예술총감독을 맡은 서해성 씨의 말에 따르면, 이건 이 오석을 '검은 거울'로 삼아 두고두고 우리의 치욕을 잊지 말자는 뜻이라고 합니다. 그리고 이 자리에 반인륜적 전쟁범죄의 피해자였지만 당당히 평화 인권활동가로 활약하신 일본군 '위안부' 할머니들의 메시지를 기억하기 위한 '기억의 터'가 2016년에 조성됩니다.

[제안]

한일합병조약

한국 황제 폐하와 일본국 황제 폐하는 두 나라 사이의 특별히 친밀한 관계를 고려하여 상호 행복을 증진시키며 동양의 평화를 영구히 확보하고자 하며 이 목적을 달성하고자 하면 한국을 일본국에 병합하는 것이 낫다는 것을 확신하고 이에 두 나라 사이에 합병 조약을 체결하기로 결정하였다.

이를 위하여 한국 황제 폐하는 내각 총리대신 이완용을, 일본 황제 폐하는 통감인 자작 데라우치 마사타케를 각각 그 전권 위원으로 임명하는 동시에 위의 전권 위원들이 공동으로 협의하여 아래에 적은 모든 조항들을 협정하게 한다.

1. 한국 황제 폐하는 한국 전체에 관한 일체 통치권을 완전히 또 영구히 일본 황제 폐하에게 양여함.

2. 일본국 황제 폐하는 앞 조항에 기재된 양여를 수락하고 완전히 한국을 일본 제국에 병합하는 것을 승낙함.

3. 일본국 황제 폐하는 한국 황제 폐하, 태황제 폐하, 황태자 전하와 그들의 황후, 황비 및 후손들로 하여금 각기 지위를 응하여 적당한 존칭, 위신과 명예를 누리게 하는 동시에 이것을 유지하는 데 충분한 세비를 공급함을 약속함.

4. 일본국 황제 폐하는 앞 조항 이외에 한국 황족 및 후손에 대해 상당한 명예와 대우를 누리게 하고 또 이를 유지하기에 필요한 자금을 공여함을 약속함.

5. 일본국 황제 폐하는 공로가 있는 한국인으로서 특별히 표창하는 것이 적당하다고 인정되는 경우에 대하여 영예 작위를 주는 동시에 은금(恩金)을 줌.

6. 일본국 정부는 앞에 기록된 병합의 결과로 완전히 한국의 시정을 위임하여 해당 지역에 시행할 법규를 준수하는 한국인의 신체 및 재산에 대하여 전적인 보호를 제공하고 또 그 복리의 증진을 도모함.

옛 통감관저 터.

통감관저 터 표지석.

하야시 곤스케 동상 제막식 풍경(1936)(왼쪽)과
현재 통감관저 터에 일부러 거꾸로 세워 둔
하야시 곤스케 동상 받침대(오른쪽).

기억의 터 기념석.
2016년 8월 일본군 위안부 기억의 터 조성 추진위원회에 의해 만들어졌다.

7. 일본국 정부는 성의 충실히 새 제도를 존중하는 한국인으로 적당한 자금이
   있는 자를 사정이 허락하는 범위에서 한국에 있는 제국 관리에 등용함.

본 조약은 한국 황제 폐하와 일본국 황제 폐하의 재가를 받은 것이므로 공포일로
부터 이를 시행함.
위 증거로 삼아 양 전권위원은 본 조약에 기명 조인함.

    융희 4년 8월 22일 내각총리대신 이완용
    메이지 43년 8월 22일 통감 자작 데라우치 마사타케

사실 저는 이 자리에 한일병합조약 전문을 크게 비문에 새겨 세워 놓으면 좋겠다는 생각도 듭니다. 아마 이 조약의 전문을 읽어본 사람은 별로 없을 거예요. 읽어 보면 유서 깊은 한 나라가 사라지는 조약이라기에는 그 내용이 너무 어처구니가 없다는 생각이 들게 될 겁니다. 한국이 황제와 황족들만의 나라가 아닌데 말이죠. 이런 종류의 역사적 사실은 어떤 반응을 강제로 끌어 낼 것이 아니라 그냥 읽어 보게 하고, 읽은 사람들이 각자 생각하고 느껴야 되는 문제입니다.

중앙정보부 별관(1961) – 남산 예장공원(2021)

옛 중앙정보부 6국(서울시청 남산별관) 건물과 TBS교통방송 건물을 철거하고 남산 예장공원을 조성하는 사업이 드디어 마무리되어 2021년 6월에 개장했습니다.

일제 치하 침략기지, 군사독재 시절엔 인권 침해…, 이처럼 이곳은 아픔의 역사를 고스란히 간직하고 있죠. 이 지역의 재정비 사업은 '남산 르네상스 사업'이 12년 만에 결실을 맺은 것인데, 옛터를 설명하는 표지판도 많아지고, 국치길과 인권길을 비롯하여 이회영 기념관과 같은 기억의 공간도 만들어지고는 있습니다. 다행스러운 일이지요.

[제안]

국치길 같은 경우 한 가지 아쉬운 점이 있어요. 조형물이랑 보도블록에 있는 동판이 눈에 잘 안 띈다는 거예요. 나처럼 나이가 있는 사람이 아니라 젊은 친구들도 미리 얘기해 주지 않으면 있는 줄도 모를 만큼 길거

남산 예장공원에 있는
기억 6 전시관.
역사에 말을 걸고 잊지 않는다는 뜻을
담아 우체통 모양으로 지어졌다.

* 국치길과 인권길 *

사실 서울시도 다크 투어에 아예 관심이 없는 것 같진 않아요. 2019년 여름에는 서울시가 2년간 추진한 끝에 우리 민족의 아픔이 서려 있는 남산 예장자락을 따라 1.7km의 국치길이 조성되었습니다.

이 국치길은 옛 한국통감관저 터에서 시작해서 서울애니메이션 센터(조선총독부 터), 리라초교(노기신사 터)~숭의여대(일제갑오역기념비 터/경성신사 터)와 한양공원비, 한양 도성 발굴지(조선신궁 터)로 끝이 납니다.

서울시는 '길'을 형상화하고, 역사를 '기억'하자는 뜻으로 한글 자음 'ㄱ' 모양의 로고와 국치를 당한 해인 1910년을 기억하자는 의미로 1,910센티미터의 녹색 조형물을 국치길 곳곳에 놓인 답사지에 만들어 놓았어요. 국치길 팸플릿에 있는 QR코드를 찍으면 각 답사지마다 1분 내외의 음성해설을 들을 수 있습니다.

인권길 역시 국치길과 같은 연장선상에서 만들어진 곳인데, 이곳은 옛 중앙정보부 6국이 있던 자리에 만들어진 기억 6 전시관을 시작으로 주자 파출소 터(면회소)~서울소방재난본부(중앙정보부 사무동)~문학의 집(중앙정보부장 공관)~중앙정보부 제1별관터~서울유스호스텔(중앙정보부 본관)~서울종합방재센터(중앙정보부 제6별관)~소릿길~서울특별시청 남산 별관(중앙정보부 제5별관)까지, 총 9곳으로 구성된 코스입니다. 이곳 역시 QR코드로 음성해설을 들을 수 있어요.

리에 박힌 동판은 너무 작고, 조형물도 확 시선을 잡아 끄는 디자인은 아니에요. 내가 남산을 그렇게 많이 갔는데도 이런 게 생겼다는 걸 생각보다 빨리 알아채지 못할 정도였으니까요. 어두운 역사를 기억하자는 의도는 좋은데, 정말 이것만으로 우리가 충분히 각 장소를 기억하고 의미를 깨달을 수 있을지는 조금 의문이 생깁니다. 이미 만들어진 이상 더 활성화되었으면 하는 마음이 커요. 박물관에서 하듯이 각 답사지에 도착할 때마다 도장을 찍으면서 길을 둘러보는 스탬프 투어 같은 걸 해도 좋을 것 같고, 표시판이 더 알아보기 쉽게 번호라도 매겨 줬으면 좋겠어요. 해당 답사지의 음성 해설도 조금 더 길어져도 좋을 것 같고요.

덕안궁(1913) – 조선총독부 체신국 청사(1937) – 국세청 남대문 별관(1978) – 서울도시 건축전시관(2019)

1913년, 현재 서울 중구 태평로 1가 61번지에는 덕안궁(德安宮)이 세워집니다. 조선의 제26대 왕인 고종의 후궁이자 영친왕의 생모인 순헌황귀비 엄씨의 사당은 처음에는 경운궁 내에 엄비가 살던 경선궁이었어요. 덕안궁으로 이름만 고쳐 사용하다가 궁 밖에 새로 지은 것이지요. 그 후 덕안궁은 육상궁에 합쳐져 칠궁이 되고, 그 자리에는 조선총독부 소속 관청인 체신국 청사가 들어섭니다. 1978년부터는 약 40여 년 가까이 국세청 남대문 별관으로 쓰였고, 2015년 광복 70주년을 맞아 일제의 잔재를 청산하자는 일환으로 철거되었지요. 그리고 2019년 서울도시건축전시관이 지어졌어요.

이 건물은 지상이 단층인 대신 지하가 3층으로 조금 깊더라고요. 아마 그 뒤에 있는 교회와 대사관을 배려해서 이렇게 지은 것 같아요. 그런데

경성부민관 앞 거리 풍경.
당시 광화문 앞에서 남쪽으로 이어지는 태평통(太平通, 현재 태평로) 일대를
잘 보여주며, 사진에서 제일 왼쪽에 있는 건물이 체신국 청사이다.

실제 전시관을 가 봤더니 기대와는 달리 별 내용이 없어요. 이런 자리에
고대사부터 조선 시대, 일제 시대, 한국전쟁, 한강의 기적까지 우리의
찬란한 역사를 설명하는 역사 교육의 장 '대한민국 5천 년 얼 역사관'이
만들어지면 얼마나 좋을까요?

서울도시건축전시관.
뒤에 보이는 건물이 대한성공회 서울교구이고
오른쪽에 있는 건물이 서울특별시의회 건물이다.

역사학자 토드 A. 헨리가 쓴 《서울, 권력도시》(2020)라는 책에 이런 말이 나왔어요. '경성신사 터에 일제 기억 오디오를 설치하자.' 좋은 제안이라고 생각합니다. 요새 여러 가지 IT 시설이 잘 되어 있잖아요. 제 생각에는 여기가 서울시청 앞이고 하니 서울시티투어의 인포메이션센터 개념으로 AR, VR, 컴퓨터 그래픽으로 해서 지금은 망가져 볼 수 없는 궁궐의 모습이나 남산의 옛날 모습을 시대순으로 보여 주면 좋을 것 같아요. 사실 제일 덜 파괴된 창덕궁과 종묘는 유네스코 세계문화유산으로 등재되었지만, 많이 파괴된 궁궐이나 육조거리의 모습을 가상공간에서라도 원래의 모습을 보여주고 그게 어떻게 파괴되었는지를 알고 나서 현장에 가보면 학습효과가 크지 않겠어요?

모든 이에게 소중한 남산이 되는 날까지

이런 장소들의 공통적인 문제가 무엇일까요? 장소나 건물의 설치 목적이나 의도는 전혀 나쁘지 않다는 거예요. 우리나라에 관심을 갖고 놀러 온 사람들한테 좋은 모습을 보이는 거, 좋죠. 그러나 우리나라는 지나간 100여 년 동안 가슴 아픈 역사를 겪었어요. 식민지로서의 설움과 동족상잔의 비극을 겪었고, 민주국가와 경제적 성장이라는 열매를 맺기까지 격심한 성장통도 겪어야 했습니다. 단기간에 큰 고통을 겪었다는 건 그만큼 힘들었다는 거지요. 그런 것을 아무렇지도 않게 덮어두고 살 수 있는 걸까요? 어떤 것을 발판으로 삼고 견뎌냈는지는 알고 지나가야 한다고 생각해요. 뭐, 내가 너무 심각하게 본다고 말하는 사람도 많을 거예요. 기분 좋게 구경하러 왔는데 뭣 하러 이런 걸 돈 들여서 만드는 거냐는 말도 할 수 있겠죠.

사실 지금 생각해 보면 일제가 남산 지역을 그들의 본거지로 점거한 것은 그 당시 남산 기슭에 사람이 살지 않고 국유지인지라 대한제국 정부의 허가만 얻으면 점유가 가능했고, 일본인 집단 거류지가 가까운 이점도 작용했던 것 같아요. 그리고 해방 후엔 우리나라의 형편이 열악한데 일본인들이 떠난 남산 지역에 시설은 그대로 있었으니 사용했던 것이고, 6·25 전쟁 후에는 불타 버린 빈 땅에 급한 대로 필요한 시설들을 지어 이용했겠지요. 해방과 전쟁으로 갑작스레 월남민 등이 몰려들어 해방촌도 생기고, 역사적 의미를 따질 겨를도 없었을 겁니다. 하지만 1990년대에 국가안전기획부가 남산에서 나갈 무렵은 대한민국의 형편이 조금은 좋아졌을 때인데 그 시점에도 아픈 역사를 기억하는 공간 하나를 제대로 만들 생각을 안 했다는 점은 무척 아쉽습니다.

저는 역사 교육의 교훈이 될 만하게 '홀로코스트 코리안 버전(Holocaust Korean Version)'이 필요하다고 생각합니다. 홀로코스트는 나치가 유대인 대량 학살하던 것을 뜻하는데 이것을 기억하기 위한 기억공간이 전세계 44개국에 351개나 있습니다. 그중에서 가장 큰 월드센터가 이스라엘 예루살렘에 있어요. 이름이 '야드바쉠'이에요. 이스라엘 말로 '잊지 말자'라는 뜻이지요.

그런데 우리는 홀로코스트 기억공간에 필적할 만한 것, 홀로코스트 코리안 버전이라고나 할까요, 그런 것을 아직 만들지 못한 것 같아요. 저는 그런 것이 있어야 한다고 생각합니다.

왜냐구요? 한번 생각해 봅시다. 독일 사람들은 착한 사람들이라 반성을 하고, 일본 사람들은 나쁜 사람들이라서 반성을 하지 않는 것일까요? 그런데 독일 사람들도 유대인에게 저지른 일에 대해서는 사과를 하고 있지만, 과거 식민지배를 했던 모든 나라에 대해서 사과를 하고 있는 것 같지는 않아요. 아마도 유대인들이 역사를 확실히 기억하는 노력을 무섭게 하고 있기 때문에 독일 사람들도 꼼짝 못 하고 홀로코스트에 대해서는 사과하고 있는 것이 아닐까요?

*

우리 모두 각자 앞에 놓인 길을 보고 계속해서 전진해야 합니다. 이건 발전을 위해서가 아니에요. 살기 위해서 필요한 거죠. 하지만 그런 과정에서 우리는 태도를 바꿀 필요가 있어요. 아픈 역사는 억지로 숨기는 게 아니라, 이런 역사가 있었음을 기억하고 우리가 어떻게 나아갔는지를 주변에 알리는 겁니다. 본연의 아름다움을 상기하고, 과거를 잊지 않으며, 미래를 향해 나아간다. 진정한 성장은 그런 거라고 생각해요.

나가며

남산은 긴 시간 동안 우리를 지켜보았습니다. 국가의 신성함과 더불어 아름다운 풍광을 간직했던 이곳은 외세의 침략으로 상흔이 깊은 데다 해방과 6·25 전쟁을 겪으면서 무단 점거의 장이 되기도 했습니다. 그렇지만 남산은 오늘날 시민들의 휴식처이자 관광명소가 되기까지, 산 자락에 누가 살든 무엇이 들어오든 간에 모든 것을 품어 주었죠.

이 책 뒤에 실린 연대표를 보시면 남산이 그간 얼마나 질곡의 시간을 견뎌 왔는지를 아실 수 있을 거예요. 일제 시대 남산에 있었던, 그러니까 우리가 탐방했던 곳들이 해방 후 어떻게 변했는가를 보세요. 결국 일제만 남산을 파괴한 게 아닙니다. 해방이 되고 난 후에도 또 다른 파괴가 이루어졌습니다. 그 건물이 무엇이었는지는 상관없이 급한 대로 사용한 것까지는 그렇다고 쳐도, 정권의 입맛에 맞는 상징물을 세우고 헐어내는 일이 반복된 거죠. 솔직히 남산이 이 정도라도 복구되기까지 그렇게 많은 시간이 걸린 데엔 우리 모두에게 책임이 있어요. 나는 이런 남산을 매일 산책하면서 하루걸러 생각이 바뀝니다. 어떤 날은 그저 남산의 풍경에 취하기도 하고, 어떤 날은 아직도 남아 있는 오래된 흉터 같은 흔적에 화가 나기도 하죠. 그러나 결론은 언제나 앞으로 우리가 어떻게 살아갈 것인지 대해 생각해 보는 것으로 끝이 납니다.

＊

지리적으로는 가까운 이웃 국가이지만, 지정학적으로 한국과 일본은 결코 편안할 수 없어요. 임진왜란 같은 일도 있었지만, 가장 큰 이유는 35년간의 식민 지배로 인해 발생한 여러 가지 일들 때문에 지금까지도 계속 마찰을 빚고 있습니다. 옛일에 대한 입장 차이로 옥신각신할 뿐만 아니라 새로운 일에 대해서도 양쪽 다 감정적인 대응을 하는 악순환이 거듭되고 있어요. 2010년대에 들어 한국 콘텐츠가 전 세계적으로 인기를 끌자 일본에서는 '한국에 따라잡힐 수 있다'는 감정적 박탈감과 불안이 더해지면서 '혐한류'가 등장하고, 2018년 하반기부터 한국과 일본의 외교적 마찰이 커지자, 2019년 7월 일본이 한국에 공업 소재 수출 규제 조치를 단행하면서 무역분쟁이 일어났어요. 그 결과 한국 내에서 일본 상품 불매 캠페인도 벌어졌죠. 이토록 한국과 일본 사이의 앙금이 풀리지 않은 이유가 뭘까요? 일본이 한국한테 사과를 제대로 안 해서? 아니면 새로운 합의안을 만들려고 해도 서로 의견을 좀처럼 좁히질 못해서? 내 생각엔 둘 다인 것 같아요. 그리고 두 가지 다 해결이 되어야 한다고 봐요.

최근 한일의 상황만 보더라도 외교 갈등 탓에 양국 간 민간 교류는 물론 경제 상황에도 좋지 않은 영향이 미치고 있습니다. 게다가 지난 몇 년간 새로운 태평양 시대에 주변국과의 전략적 동맹의 중요성이 커지고 있죠. 아시아 다국적 연대 외교에 참여하기 위해서도 한일 관계의 개선이 무엇보다 중요한 시점입니다. 이제는 양국의 '반일(反日)-혐한(嫌韓)' 대립구도의 고리를 끊고 미래 지향적인 연대로 해결해 나가야 합니다. 왜냐하면 한국과 일본은 경제적 측면에서 이미 끊을래야 끊을 수 없는 상호의존 관계이고, 정치적 측면에서도 동북아의 안정과 공동 번영을 위해 협력할 수밖에 없는 운명이니까요.

서로 가까이 있다는 게 참 어렵죠? 결국 화해의 출발점은 서로 인정할 것은 인정하고, 사과하며, 존중해야겠지요. 우리는 일본이 우리의 경제적 파트너로서 기여하고 있는 점을 인정하고, 일본은 선진국 대열에 선 한국을 재평가하고 인정해야 합니다. 이렇게 감정적으로 복잡미묘한 때일수록 아픈 역사를 알고 수습하고, 화해하고 풀어나가려는 민간외교의 역할이 굉장히 중요하다고 생각해요.

나는 2000년대 초반의 드라마 〈겨울연가〉를 시작으로 한류라는 말을 처음 들었던 것 같아요. 이 때는 일본 중년층들이 한국 드라마와 관광에 관심을 보였던 걸로 기억해요. 또 한국 아이돌 스타가 활동 영역을 넓히기 위해 일본 시장에 진출하기도 했고요. 그리고 예전과 달리 인터넷이 발달하다 보니 접근성이 좋아져서 바다 건너 사는 사람들도 여러 가지 경로로 서로의 문화를 손쉽게 접할 수 있게 되었습니다. 그리고 환호하기 시작했어요. 예전에 비해 서로에게 편견이 적은 세대가 등장한 것이죠.

심지어 코로나19가 시작되면서 일본에서는 새로운 트렌드가 생기기 시작했답니다. 이른바 'K-컬처의 일상화'가 현실로 다가온 것인데, 팬데믹을 계기로 평소 한류에 관심 없던 30~40대 남성들까지도 넷플릭스를 통해 한국 드라마를 보고, K-팝을 인터넷으로 즐기는 젊은 세대가 늘어나면서 방탄소년단(BTS), 트와이스 등 세계적인 스타들에 환호하게 되었답니다. 이들에게 BTS는 '한국의 아이돌'이라기보다는 미국 빌보드 1위를 하는 능력 있는 가수일 뿐, 다시 말하면 '한국 가수'는 호불호를 결정하는 데 중요한 요소가 아닌 거죠. 그리고 '도한(渡韓)놀이'라는 것도 유행이라고 해요. 코로나19 때문에 한국을 못 가 아쉬운 젊은이들이 친구 집이나 호텔 방에 모여, 한국 음식을 잔뜩 사다 놓고 즐기면서 한국에 놀러 간 기분을 내는 거라는데요. 신기하죠? 정치적으로는 아직 그리 편한 관계가 아닌데 문화적으로는 진짜 '교류'를 하고 있으니까요. 이렇게 한국문화를 즐기는 일본의 10~20대가 일본사회를 이끌게 될 때쯤 되면 한일관계의 판이 바뀔 거라는 기대감도 있답니다. 물론 한국의 경우도 마찬가지이지요.

재차 강조하지만, 우리는 대중이 쉽게 접근할 수 있는 드라마나 영화, 뮤지컬 등과 같은 소프트웨어의 중요성을 확실하게 인식해야 합니다. 왜냐하면 역사를 알리는 방법으로 역사적 의미가 있는 건물과 표지석을 세우는 것도 중요하지만, 문화콘텐츠를 잘 만들면 그 파급력이 어마어마하니까요. 넷플릭스를 포함한 각종 OTT가 개발되는 시대인 만큼 예전과는 비교도 안 되게 훨씬 많은 사람이 볼 수 있어요.

〈쉰들러 리스트〉(1994)나 〈피아니스트〉(2003)처럼 나치를 소재로 한 수작들이 있듯이, 한국에도 어두운 역사의 참혹상을 잘 그려낸 영화가 많아요. 위안부 이야기를 다룬 〈귀향〉(2016)은 우리 회사 임직원들과 같이 단체 관람한 영화인데, 관람 후 모두 할 말을 잃어 회식도 않고 그냥 집으로 돌아갔습니다. 그 밖에도 〈봉오동 전투〉(2019)는 독립군들의 전투 이야기이고, 〈포화 속으로〉(2010)는 낙동강 전투 이야기입니다. 우리 한국 사람들도 잘 몰랐던 역사죠. 어디 영화뿐인가요? 명성황후의 일대기를 다룬 뮤지컬 〈명성황후〉는 뉴욕 브로드웨이에도 갔었고, 안중근 의사가 이토 히로부미를 처단하기까지의 여정을 담은 뮤지컬 〈영웅〉 역시 열화와 같은 성원에 영화로까지 제작되어서 2022년 개봉 예정이라고 합니다.

문화콘텐츠 외에도 방법은 또 있어요. 2020년 외교부에서 진행한 '한일 나의 친구, 나의 이웃을 소개합니다'와 같은 이야기 공모전도 이런 시도의 일환으로 봐야 할 것 같아요. 한일 관계 발전에 기여한 다양한 경험과 활동이 담긴 생활 속 이야기를 공모한 것이죠. 이처럼 다양한 교류와 협력을 장려하는 건 미래지향적인 한일 우호협력 관계 발전을 모색해 나갈 수 있는 좋은 계기가 될 것 같아요.

*

그렇다면 민간인이 아니라 정부 차원에서 나서야만 하는 일은 무엇일까요? 나는 서울이 볼 것도 많고 생각할 것도 많은 도시가 되었으면 좋겠거든요. 수박 겉 핥기 식의 관광이 아니라 우리의 근간을 살펴보고 기억할 수 있게 하는 남산의 다크 투어 같은 관광산업이 더 다양해지고, 조상의 얼과 이념이 서린 기념관을 만들고 좋은 해설을 곁들여서 운영할 수 있도록 많은 사람이 의견을 내고 참여했으면 해요.

일본의 히로시마 평화공원(Hiroshima Peace Memorial)은 그 현장이 역사를 온전히 보여주고 있지 않아요. 역사를 숨기고 왜곡하고 있어도 유네스코 세계유산이에요. 그런데 최근 일본 교토부 우지(宇治)시 우토로 마을에서 우토로 평화기념관을 개관했다는 소식을 접했어요. 우토로는 일본이 1941년 교토 군사비행장 건설을 위해 조선인 노동자 1,300여 명을 동원하며 만든 집단 거주지예요. 광복 후에도 임금 체불 등의 사정으로 귀국하지 못한 한국인들이 가난과 차별 속에서 살아온 곳이지요. 일제 강점기에 강제동원된 조선인과 후손들이 살던 이 마을의 역사를 알리는 평화기념관이 한국과 일본의 시민을 비롯해 양국의 지원으로 만들어졌어요. 한·일 양국의 젊은이들이 역사 뿌리를 배울 수 있는 교육의 장이 생긴 것이죠. 남산도 한·일 젊은 세대들이 공존을 배울 수 있는 곳이 되기를 바랍니다.

일제 강점기 일본의 근거지였던 남산을 한국의 다크 투어리즘의 명소로 만들어 볼 순 없을까요? 요즘 용산구가 그 지역이 지니고 있는 역사와 문화를 자산으로 K관광 특구를 계획하고 있다는데, 굴곡진 근현대사를 함께하고 있는 남산과 연계하여 제대로 알려지지 않은 남산의 역사 탐방을 활성화하면 좋을 것 같아요. 비극의 역사가 반복되지 않도록 '지워가는 역사'가 아닌 '다음 세대가 기억해야 할 역사'가 되었으면 좋겠어요.

당연히 이런 일에는 시간이 많이 걸릴 터입니다. 적잖은 예산이 들어가야만 하고, 상상하지 못했던 시행착오도 많이 있겠죠. 그런데 언제는 이런 일이 쉬웠어요? 다 해 봐야 아는 거예요. 우리 동화약품에서 개발하는 수많은 약 중에 상품화되는 것은 손꼽을 정도입니다. 그냥 묻히는 것도 많아요. 이런 때 제일 중요한 건 실행력이라고 봐요. 두리뭉실하게 탁상공론만 하는 게 아니라 개발 시기와 지역을 정하고, 적극적으로 계획을 짜고, 실효성이 있게 일했으면 좋겠어요.

오래전 외국에 나가 보태니컬 가든을 구경할 때, 우리 남산도 이랬으면 좋겠다는 생각을 종종했어요. 이를테면 공원에 심은 나무나 꽃을 설명하는 팻말도 식물학자의 관점이 아니라, 그곳을 구경하러 온 사람들의 눈높이에 맞춰 만들면 좋겠습니다. 물론 외국인들도 알아보기 쉽게 신경을 쓰고요. 옛터를 설명하는 표지석도 마찬가지예요. 남산을 비롯한 서울 곳곳에 역사적 현장들이 많은데, 글자도 좀 더 잘 보이고 내용도 왜곡의 여지가 없도록 충실한 설명을 곁들이는 등 더 성의 있게 만들었으면 하는 바람입니다. 그런 계획에 내가 도움을 줄 수 있다면 나는 얼마든지 발 벗고 나설 생각이에요. 제 인생의 1막은 대학병원 의사이자 교수였고, 2막은 회사 경영을 하며 나와 가정, 사회를 위해 일했다면, 앞으로 다가올 인생 3막에서는 실제로 너무 중요한데 다른 사람들은 관심 없는 것, 우리나라, 우리의 뿌리를 위한 일을 할 겁니다.

캘리포니아주 소도시 리치먼드에 자리한 '리벳공 로지 2차대전 국립역사공원'은 군수품 공장에서 청춘을 바쳐가며 국가 경제를 떠받치고 승전 토대를 닦는 데 기여한 여성들, 즉 리벳공 로지(Rosie the Riveter)들을 기리는 공간이에요. 이곳에 미 최장수 현역 파크 레인저(park ranger)가 근무하고 있었어요. 1921년생 흑인 여성 베티 레이드 소스킨. 파크 레인저는 제복을 입고 국립공원 순찰과 경비 및 안내를 담당하는 직업입니다. 언뜻 들었을 때는 그냥 순찰직 같아 보이지만 그렇지 않아요. 2000년대 초 리치먼드시가 리벳공 로지 국립공원의 역사 공간 기능을 강화하려고 할 때 소스킨의 경험이 큰 도움이 됐다고 합니다. 그녀의 구술을 통해 동료 리벳공 로지들의 알려지지 않은 사연들이 속속 발굴됐다지요. 그게 인연이 되어 여든네 살이던 2005년 임시직으로 고용되어 해설 프로그램을 진행하다가 '정규직'이 된 것은 그의 나이 아흔 살 때였대요. 이분이 올해(2022년) 101세로 은퇴하셨답니다. 이분을 보니 저도 힘이 생겼어요. 30살 선배니까. 나도 저렇게 100세까지 남산 역사 탐방 해설자를 해야 되겠다는 결심이 서더라고요.

인생 3막에서 이 나이에 내가 할 역할이 무엇인지 생각이 많은데, 인생은 60세 이후가 황금기라고 하신 노학자의 인터뷰를 보고 나도 이제부터 하고 싶은 일을 맘껏 해도 되겠다고 생각했습니다. 최근 미국, 포르투갈 연구진이 국제학술지 《네이처 인간행동Nature Human Behaviour》에 발표한 연구 결과에서도 알 수 있듯이 나이를 먹으면 새로운 정보에 대한 반응은 좀 느리지만 주의력, 집중력은 더 상승한대요. 제가 할 역할이 더 있다고 생각해도 되는 거지요. 그래서 많은 사람들에게 우리 남산의 소중함, 조국의 자부심을 충분히 깨닫고 느끼게 해주고 싶어요. 그렇게만 된다면 더 바랄 게 없을 것 같아요. 정말로요.

도움 받은 자료

단행본

박고은, 《사라진 근대건축》, 에이치비프레스, 2022.

박상하, 《경성상계》, 생각의 나무, 2008.

서울역사박물관 편집, 《서울, 도성을 품다》, 서울역사박물관, 2012.

서울역사박물관 편집, 《남산의 힘》, 서울역사박물관, 2015.

서울역사박물관 편집, 《서울의 전차》, 서울역사박물관, 2019.

서울역사박물관 편집, 《한양의 상징대로, 육조거리》, 서울역사박물관, 2022.

이순우, 《통감관저, 잊혀진 경술국치의 현장》, 하늘재, 2010.

최병택·예지숙, 《경성리포트》, 시공사, 2009.

토드 A. 헨리 지음, 김백영·정준영·이향아·이연경 옮김, 《서울, 권력도시》, 산처럼, 2020.

황현 지음, 허경진 옮김, 《매천야록─지식인의 눈으로 바라본 개화와 망국의 역사》, 서해문집, 2006.

논문 및 기타 자료

김태곤, 〈국사당 신앙 연구─중서부지방 형태를 중심으로〉, 백산학회 《백산학보》 제8호, 1970.

문혜진, 〈일제 식민지기 종교와 식민 정책─경성신사 사례연구를 중심으로〉, 한양대학교 대학원 박사학위논문, 2015.

이광표, 〈1899년 전차의 등장—전차의 추억〉, 《민족소식》 10월호, 국립민속박물관, 2016.

이수연·황희준, 〈1900년대 말부터 1980년대 초까지 남산공원의 공간적 특성과 의미 변화에 관한 연구—남산공원 회현지구를 중심으로〉, 《건축역사연구》 제20권 6호(79), 한국건축역사학회, 2011.

조지훈, 〈累石壇·神樹·堂집 신앙연구〉, 고대 문학부편 《文理論集》 제7집, 1963.

정연학, 〈서울 국사당의 역사적 변천과 기능〉, 《서울민속학》 제5호(12월), 2018.

최종성, 〈국무와 국무당〉, 《비교민속학》 21집, 2001.

홍현도, 〈《장충단제 기념사진》 촬영 시기와 장충단제 운영〉, 《서울과 역사》 109, 서울역사편찬원, 2021.

인터넷사이트

공유마당 https://gongu.copyright.or.kr

국립중앙도서관 https://www.nl.go.kr

국사편찬위원회 http://www.history.go.kr

민족문제연구소 https://www.minjok.or.kr

서울역사아카이브 https://museum.seoul.go.kr/archive/NR_index.do

중구 문화관광 http://www.junggu.seoul.kr/tour
한국고전번역원 한국고전종합DB http://db.itkc.or.kr
한국민족문화대백과사전 http://encykorea.aks.ac.kr
한국사데이터베이스 http://db.history.go.kr
한국위키백과 https://ko.wikipedia.org
e-뮤지엄 http://emuseum.go.kr

신문기사

[동아일보]

* "조생석사로 영원 금수강산의 표징《조선국화》무궁화의 내력"(1925. 10. 21.)

* "18일에 낙성식, 남산에 세운《우남정》"(1959. 11. 17.)

* "《우남정》 낙성식 남산서 내외인사 참석리"(1959. 11. 19.)

[조선일보]

* "김구 선생 동상 제막"(1969. 8. 24.).

[중앙일보]

＊ "김종필 증언록 소이부답"(2015. 10. 14.)

＊ "조선인 '설움의 땅' 우토로에…평화기념관 문 열었다"(2022. 5. 2.)

[미디어펜]

＊ "'일제 잔재' 서울신라호텔 108계단 철거된다"(2019. 12. 2.)

[문화일보]

＊ "길가에 방치된 '조선신궁' 급수시설 추정 잔해… '정밀조사 시급'"(2021. 10. 1.)

[경향신문]

＊ "앞으로 1년간 민정이양준비 갖춰"(1962. 5. 16.)

＊ "서울에 무장간첩"(1968. 1. 22.)

[한국경제]

＊ "순국지사 민영환 동상, 종로구서 서대문구로 이전"(2022. 3. 30.)

도판 일람

3_ 일제 강점기의 남산

푸른 눈썹 같은 봉우리,
아름다운 남산

1판 1쇄 펴낸날 2022년 9월 15일

지은이 | 윤도준
펴낸이 | 김시연

펴낸곳 | (주)일조각
등록 | 1953년 9월 3일 제300-1953-1호(구 : 제1-298호)
주소 | 03176 서울시 종로구 경희궁길 39
전화 | 02-734-3545 / 02-733-8811(편집부)
        02-733-5430 / 02-733-5431(영업부)
팩스 | 02-735-9994(편집부) / 02-738-5857(영업부)
이메일 | ilchokak@hanmail.net
홈페이지 | www.ilchokak.co.kr

ISBN 978-89-337-0809-5   03800
값 19,800원